빌딩과 시

빌딩과

시

불 밝힌 빌딩과 빌딩 사이,
밤의 골목을 어슬렁거리는 시간

21:20:00

들어가며, 빌딩으로

왜 하필 '빌딩'이지? 묻는다면 아주 뚜렷한 대답은 어렵겠다. 처음 일상의 테마 '○○'와 시의 접목을 궁리했을 때 나는 빈칸을 두고 거의 충동적으로 빌딩을 떠올렸다. 그러고 난 뒤에는 이내 마음을 굳혔다.

얼핏 빌딩은 시와는 거리가 먼, 별반 관련이 없는 테마라고 생각될지도 모른다. 빌딩과 시라니. 이따금 고개를 갸웃거리는 이들도 있을 것이다. 하지만 빌딩의 정의를 상기하자면 그 거리는 대번에 가까워진다. 내가 아는 빌딩은 사람이 살거나 일을 하기 위해 지은 공간을 통틀어 이르는 말이고, 우리는 대체로 이 공간에 머문다. 여기서 '머문다'는 물론 일정한 범위 안에 잠자코 고여 있다는 의미는 아니다. 우리는 끊임없이 이 빌딩에서 나와 저 빌딩으로 들어가면서 계속 빌딩의 안팎을 유동한다. 자석 주변을 벗어나지 않는 쇳조각들처럼. 새삼 놀랍지 않은가. 이토록 밀접하다는 사실이. 빌딩은 다른 무엇보다 일상에 가까운, 그러므로 시에 가까운 테마라 할 수 있을 것이다.

게다가 빌딩 자체에 깃든 탄성은 얼마나 매력적인지. 생생한지. 저만치 우뚝 선 빌딩은 제 키와 덩치를 자유자재로 줄였다 늘였다 하며 나를 부르는 것 같다. 그러면 나는 매끄러운 표면과 군더더기 없는 선을 바라보며 천천히 곁으로 다가서는 것이다. 하는 수 없이, 나는 좋다. 빌딩과 빌딩 속에 살아 움직이는 갖가지 것들을 헤아려 보는 일이. 조심스레 온기를 살피는 일이. 깊숙이 파고들수록 조금 슬퍼지기도 한다. 탄성의 몸체는 예기치 않은 순간 유리처럼 부서져 내 가장 깊은 곳을 찌르기도 한다. 그러나, 그럼에도 불구하고…….

　　쓰는 동안 나는 반복해서 중얼거렸다. 빌딩, 빌딩……. 나는 대개 책상 앞에 앉아 있었고, 책상은 작은 거실 가운데 있었다. 거실은 작은 집의 중심부를 차지하고 있었다. 집이 속한 빌라 옆에는 출처를 알 수 없는 다람쥐 동상이 설치된 작은 공원이, 공원 옆에는 역시 작은 식당과 빵집과 수선점이, 그리고 또 다른 빌라들이 줄지어 있었다. 습관처럼 창밖을 내다보았다. 뉘엿뉘엿 해가 지고 있었다.

　　4층은 너무 높지도 낮지도 않은 높이. 거리를 걷는 사람도 노을 진 하늘도 지나치게 가까웠다. 인근 대학의 회색 건물이 곧 이마에 닿을 듯 얼굴을 바짝 들이밀었다. 때로 그 모두는 지나치게 멀었다. 도무지 닿을 수 없는 아득한 미지. 더 이상 아름답다 여길 수만은 없는 신기루. 골목을 사이에 둔 맞은편 빌라, 4층 창으로 이제 막 주홍빛 불을 밝힌 실루엣이 집 안 여기저기를 서성이고 있었다.

시시로 멈춰 있었다. 그도 무언가 소중한 것을 쓰고 있으려나. 커졌다 작아졌다 다시 커지고 있었다. 지나치게 가까웠다 지나치게 멀어지고 있었다. 잡힐 듯 잡히지 않는 것들.

돌이켜보면 이 도시의 많은 것들이 그랬는데. 매혹이면서 절망인, 실패이면서 바람인 것들.

그러면서 나는 계속해서 이 빌딩에서 저 빌딩으로, 저 빌딩에서 그 빌딩으로 향하고 있었다. 들어갔다 나갔다 다시 들어갔다 분주히 움직이고 있었다. 살고 있었다. 나는 자꾸 빌딩에 있었다. 먹고 자고 놀고 일하고, 가끔은 사랑을 하면서. 사랑도 다름 아닌 빌딩에 있었다. 그 사랑은 여지없이 짓궂었다. 보였다 안 보였다 했다. 계단은 가파르고 엘리베이터는 차가웠다. 답답할 때면 옥상에 올라보지만 내가 찾는 것은 도무지 없었다. 나는 없었다. 있었다 없었다 했다. 나는 자꾸 이곳에 없었다.

나는 자꾸 이곳에, 있다. 조그만 한 존재로서. 미세한 한 부분으로서. 그러니 빌딩에 대해 내가 할 수 있는 이야기란 결국 사소하고 뻔한 것일 테다. 이런 생각을 하면 감히 쓸 수 없지만, 다시금 생각해보면 나는 언제나 빌딩에 대해 쓰고 있었던 것 같다. 그 속에 든 사람에 대해, 사랑에 대해. 그런 걸 쓰고 싶어서 더 빨리, 더 오래 걸었던 것 같다.

차례

사람을 좋아하는 편은
아니지만

밤에 골목을 쏘다니는 것. 내 유일한 취미다. 9시에서 11시 사이, 아직 불빛이 살아 있는 동네 여기저기를 어슬렁거리는 것. 산책이라는 제법 우아한 이름을 붙일 수도 있겠지만 휴식이나 건강을 위한 일은 아니니 '쏘다니는' '어슬렁거리는' 정도가 적당할 것 같다.

화창한 낮에 천변을 걷는 일도 좋고 인근 대학의 운동장을 달리는 일도 좋지만 밤의 골목을 어슬렁거리는 일을 포기할 수 없다. 이유는 다름 아닌 빛 때문. 집집이 저마다의 조도로 밝혀둔 빛,

빛들. 아파트의 **빽빽**한 네모 칸들 중 노르스름한 칸을 헤아리는 일이나 빌라의 낮은 칸 너머 꼼지락거리는 실루엣을 포착하는 일이 좋다. 자정이 가까워지도록 불을 끄지 못한 상가 사무실이며 점포 안을 슬쩍 들여다보는 일도. 그러다 보면 문에 'CLOSED' 팻말을 걸어둔 채 뭔가에 몹시 열중하는 사람의 모습을 보기도 한다. 주방과 홀을 오가며 어질러진 테이블을 정리하는 사람, 카운터에 노트북을 펼쳐두고 앉아 열심히 자판을 두드리는 사람, 가게 한구석에 앉아 꾸벅꾸벅 조는 사람…….평범하다면 평범한 그 모습들은 어쩐지 골목을 돌고 집으로 돌아가는 내내 뇌리에 박혀 잘 떨어지지 않는다.

문이 완전히 닫혀 있을 때, 블라인드나 커튼으로 가려져 있을 때조차 알 수 있다. 집집이 달금하게 흐르는 밥 냄새와 분주히 달그락거리는 수저 소리. TV에서 새어 나오는 웃음소리. 잇따라 터지는 또 다른 웃음. 문 저편에서 펼쳐지고 있는 온기가 선연하다. 그 온기 속에 둘러앉은 사람들의 기

척, 그런 걸 듣는 일이 좋다. 보다 정확히는 그 장
면, 그 소리, 그 냄새 들을 홀린 듯 보고 듣고 맡는
다고 해야겠지. 홀린 듯, 그 앞에 멈춰 서게 된다고.

언제부터였을까. 처음 불빛에 사로잡힌 게.
스물한 살에서 스물두 살로 넘어가던 겨울의 시간
이 불현듯 떠오른다. 경주의 한 대학병원 중환자
실에 앓는 사람을 눕혀두고 틈날 때마다 골목 여
기저기를 쏘다녔던 때. 그 무렵 나는, 죽음이 지나
치게 가깝다고 느꼈다. 감히 고백하건대, 이렇게나
가까이 온 죽음을 어찌할 도리가 없겠다고. 그런
나의 마음을 끈 것은 다른 무엇도 아닌 골목의 불
빛이었다. 저녁이면 어김없이 차가운 길을 데우던
빛. 늘 같은 자리에 매달려 손짓하던 십자가, 십자
가 같은 그 빛만을 나는 간절히 원했다. 기어코 처
량해지고 마는 일이겠으나…….
　　가만히 누워 견디기 힘든 밤이면 무작정 밖
으로 나가 불이 총총히 켜진 낯선 연립 앞에 한참
을 서 있곤 했다. 창을 가득 메운 저 밝은 걸 가진

15

이들은 슬프지 않겠구나, 아프지 않겠구나, 멋대로 상상했다. 부러움과 두려움, 열패감 같은 모호한 감정들이 마구 뒤엉켰다.

그리고 얼마 지나지 않아 한 사람을 떠나보낸 뒤 나는 비로소 방에 들어 불을 켤 수 있었다. 그때 엄습해온 묘한 안락감. 나도 빛을 가졌구나 마침내. 한 사람의 죽음으로 하나의 빛을, 하나의 삶을 얻었구나. 더불어 밀려든 괴상한 자책 속에 나는 살고 싶지 않았다. 살면 안 된다고, 그래서는 안 되는 거라고 생각했다. (그렇지만 보세요. 얼마나 우스운지.) 나는 온전히 살았고, 어쩌면 제법 잘 살기까지 했다. 그러면서도 왜 아직 밤의 골목을 쏘다니는지. 궁상스러운 열망을 놓지 못하는지.

요즘도 나는 가끔 그때 그 시간 속에 나 자신을 두고 온 것 같은 착각에 빠진다. 얼른 돌아가야 할 것만 같은. 그러면서 그때의 나를 마주하게도 된다.

바깥, 바깥에 있는 나를.

이제는 그냥 그런 생각이 든다. 바깥에 있는

사람, 그게 바로 나라고. 아주 오래전부터 그렇게 정해진 것 같다고.

스스로를 좋아할 수 없는 만큼 나는 사람이라는 족속을 그다지 좋아하지 않는다. 그럼에도 빛 속에 든 사람에 대해서라면 아직 좋아하기를 포기하지 못한 건지도. (이게 대체 무슨 앞뒤 없는 마음일까요?) 문 안쪽에 모여 앉은 사람들 말이다. 서로에게 맛있는 걸 권하고 서로의 어깨에 붙은 머리카락 같은 걸 떼어주면서 또렷이 미소 짓는 사람들. 그 사람들을 먼발치에서 바라보는 일만이 내 오랜 몫이 아닐까.

바깥에서 안을 들여다보는 일, 그런 일을 나는 종종 한다. 모임이 한창인 때 조금 늦게 약속 장소에 도착해 어느 정도 거리를 두고 서서 환한 창 저편을 바라보는 일. 밥집이나 술집, 혹은 카페. 친분이 있는 시인의 낭독 행사가 막 끝난 서점일 때도 있다. 안을 들여다보면, 그 안은 너무 따스한 것이다. 모두 웃고 있는 것이다. 조금의 결락도 없는 것처럼. 꼭 그런 것도 아닐 테지만.

나는 조금 망설인다.

그러다 잠시, 아주 잠시 그 속에 있게 된다. 그리고 이내 겉도는 사람이 된다. 가까스로 주고받던 대화는 멈춰버린다. 정적만이 남는다.

문제는 나다. 왜 궁금하지가 않을까? 왜 아무 것도 묻고 싶지가 않을까? (앞뒤 없는 마음이란 대체!) 너, 라는 사람이 조금도 궁금하지 않은 나, 나는 왜 하필 이런 사람일까? 하필 이런 나를 너 또한 조금도 궁금해하지 않고. 무언가 단단히 어긋난 기분. 늘 반복되는 이런 식의 상황이 나를 슬프게 한다. 그러나 실은 그리 슬픈 일도 아니지. 나는 사람을 좋아하는 사람이 아니고, 이런 일쯤 그냥 시시한 에피소드에 지나지 않는다.

서둘러 빛 속을 빠져나온다.

다시 골목을 걷는다. 집으로, 어서 집으로 돌아간다. 혼자만의 자리로. 도착하면 나 또한 맨 먼저 불을 켜는 것이다. 그리고 그 속에서 먹고 자고 웃고 우는 것이다. 누군가 한 번은 내가 사는 4층 창을 올려다볼지도 모른다. 새벽까지 불은 꺼지지 않을 테고, 누군가는 희미하게 매달린 빛을 보며 막연한 행복을 상상할지도 모른다. 자신 곁에 없는 온기를.

그런 헐거운 상상만으로 어떤 이는 왔던 곳으로 다시 돌아갈 수 있을 것이다. 터덜터덜 걸어 오늘의 끝이 아닌 내일의 시작을 기약할 수 있을 것이다. 허상에 가까운 것을 상상하고 갈망하며 버티는 바깥의 존재. 어쩌면 모두, 하나같이.

빌딩이라는 크고 단단한 상자 속에 든 작고 무른 사람. 이따금 상자 밖을 어슬렁거리는 사람. 상자 안을 물끄러미 들여다보는 사람.

결국 사람.

사람을 그다지 좋아하는 편은 아니지만.

오르골

누가 두고 간 것인지 모른다
신기하기도 하지, 아주 오래전부터 갖고 싶었던
것처럼

사랑은 오직 이 속에만 담긴 것처럼

유리로 된 상자를 조심스레 열자
사람이 있었다

사람, 사람들이 웃고 있었다
가느다란 팔을 뻗어 서로를 껴안은 채
웃고 울고 만나고 헤어지고 있었다
또다시 만나면서

거리를 두라는 말,
계단을 오르락내리락하면서 승강기의 문을 닫

앗다 열었다 하면서

　춤을 추고 있었다
　안내 방송에서 흘러나온 노래는 늘 까닭 없이
슬퍼

　품에 안고 잠이 들었다
　누가 두고 간 것인지 모를 꿈을 꾸면서

　춤도 노래도 영영 멈추지 않는
　수상한 악몽

　내가 바란 건 이런 게 아니었다고
　상자를 집어 던지자 그만,

　이런 게 아니었다고

마음의 투명한 커튼을 펼쳐 보이면 금세 마음을
구기는
찢는
사람이 있었다
상자는 부서지지 않았다

찢어진 마음으로 마음의 찢어진 자리를 친친 동
여매주는
사람이 있었다

상자를 닫으면 더 잘 보이는 사람

'나'라는 옥상

나는 제법 심한 고소공포증을 갖고 있다. 어떤 이들은 아찔한 높이에서 곤두박질치거나 몸을 묶고 뱅뱅 돌거나 하는 기구를 타기 위해 기꺼이 놀이공원에 가 긴 시간 줄을 서기도 하는 모양이지만 나로선 도무지 이해할 수 없는 일. 상상만으로도 어지럽다. 5, 6층 정도만 돼도 벌써 아래를 내려다보는 게 부담스럽다. 어릴 적 시골에서 자란 탓인가 하는 생각도 해봤지만 도시 생활을 30년 넘게 한 지금까지 여전한 걸 보면 아무래도 병증에 가깝다는 사실을 인정해야겠다. 사전 앱에 '고소공포증'을 쳐보면 '높은 곳에 있으면 꼭 떨어질 것만 같은 생각이 들어 두려워하는 병'이라고 나온다.

병.

내가 가진 이상한 습관 중 하나는 수시로 트위터에 '지진'을 검색하는 일이다. 지각의 흔들림이라고까지 하긴 뭐 하지만 제법 자주 심한 진동을 느끼기 때문인데…… 내가 사는 빌라가 금세 무너질 듯 흔들린다. 땅바닥이 쑥 꺼질 것만 같다. 이 역시 병 때문일까. 다행히 증상은 오래 지속되지 않는다. 이따금 이런 식으로 잠에서 깰 때면 황급히 베개 옆 휴대폰을 찾아 '지진'을 검색한다. 기상청에서 운영하는 트위터 계정인 '기상청 지진화산 정보서비스'에 들어가면 인근에서 발생한 지진 소식을 빠르게 접할 수 있다. 실제로 몇 분 전, 몇 초 전 북한에서, 일본에서, 필리핀이나 인도네시아에서 지진이 있었다는 소식이 뜨기도 한다. 내가 진짜 그 먼 곳으로부터의 여진을 감지하기라도 한건지. 동물적인 초감각을 발휘하기라도 한 건지. 알 수 없지만 기상청의 지진 소식을 확인하고 나

면 내가 느낀 진동이 아주 터무니없는 건 아닐지
도 모른다는 생각이 든다. 그러면서 나도 모르게
조금 안도하게 된다. (이런 안도 또한 어쩌지 못하는 저
의 위태로움이겠지요.)

몇 달 전에는 아버지가 사는 지방 소도시 10
층 오피스텔에 혼자 누워 있었다. 아버지를 병원에
입원시키고 돌아온 날. (사람이란 무른 존재는 너무 쉽
게 너무 자주 아픈 법입니다.) 도로를 달리는 자동차의
바퀴 소리나 경적이 유독 크게 들리는 새벽, 잠자
코 누워 이런저런 생각을 하고 있자니 불현듯 그
낡은 빌딩이 마구 흔들리는 것이다. 자리를 박차고
일어나 창밖을 내다보았다. 행여 나처럼 놀라 건물
밖으로 뛰쳐나온 사람이 있을까 하고. 그러나 세상
은 너무도 잠잠했다. 어둠은 여느 때와 다름없이
입을 꾹 다문 채 천천히 등을 돌렸다.

그날은 어째서인지 '지진'을 검색할 생각도
하지 않고 다시 얌전히 자리로 가 누웠다. 이대로
건물이 무너지는 상상을 하며 스르르 잠에 들었다.
꼭대기에 누운 나는 먼지처럼 사뿐한 날갯짓으로

잠시 파들거리다 이내 점점이 내려앉을 수 있겠구나. 방바닥에 닿은 등으로 진동이 고스란히 전해져 왔지만 가만히 두기로 했다. 더 빨리 더 깊이 잠들기만을 바랐다. 그리고 다음 날 아침.

나는 어김없이 일어났다. 놀랍도록 무사한 얼굴로. 제시간에 집을 나와 평소와 다름없는 길을 걸어 아버지가 있는 병원으로 갔다. 간밤의 진동은 그저 상투적인 한 편의 꿈이었을 뿐.

직장 생활을 할 무렵에는 아무래도 고층 빌딩에 장시간 머물게 되었다. 마감이 있는 주에는 일주일 내내 야근을 하기도 했다. 그럴 때 유일한 낙은 커다란 창에 그려진 먼 곳의 풍경을 감상하는 것이다. (발밑 아찔한 지상이 아니라 저 아득히 먼 곳!) 빌딩 사이사이로 토막이 난, 또 금세 잇대어진 산과 하늘. 충무로 한 신문사에 근무할 때는 화장실 전망이 유독 좋았다. 탁 트인 창 가득 남산이 펼쳐졌다. 자주 화장실 창가에 멍하니 서 있곤 했다. 그렇지만 대체로는 그 펼쳐진 풍경을 진심으로 살피지는 못했던 것 같다. 늘 의아하다는 듯 중얼거리곤 했으니까. 꽃이 언제 다 져버렸을까? 눈이 언제 다 녹은 거지? 계절이 오고 가는 것을 알지 못했다.

이따금 요상한 장면을 목격하기도 했다. 근처 촘촘히 솟은 빌딩들을 바라볼 때. 누군가 열린 창틈으로 빼꼼히 머리를 내밀고 이편을 향해 손을 흔든다거나 테라스의 좁은 난간을 줄타기하듯 걷는다거나. 언젠가는 오래된 건물 외벽에 설치된 철제 거치대에 누군가 매달려 있는 모습을 본 적도 있다. 그는 두 팔을 길게 펴 철봉 놀이를 하듯 몸을 가볍게 흔들었다. 곧장 어디로 날아갈 듯 흔들었다. 자세히 보니 목을 맨 것이었다. 죽으려 하는 것이었다. 아아, 자세히 보니 사람이 아니었다. 현수막이었다. 찢어져 나부끼는, 미처 수거하지 못한 천 조각이 몇 날 며칠 거기 방치돼 있던 것이었다. 적고 보니 인터넷에 떠도는 그렇고 그런 도시 괴담 같지만…… 무섭기보다는 어딘가 조금 서글픈 이야기들.

빌딩의 맨 꼭대기는 옥상. 마음이 힘들 때 주로 찾는 곳. 물론 높은 곳을 좋아하지 않는 나와는 그다지 친하지 않지만, 업무 중간 잠시 숨을 돌리기에는 이만한 곳이 없다는 걸 안다.

옥상은 참 묘한 공간이다. 옥상을 생각하면 맨 먼저 나는 난간에 기대어 먼 곳을 헤아리는 사람이 떠오른다. 저 깊은 아래를 응시하는 사람의 젖은 눈망울 같은 것. 이러지도 저러지도 못하는 막막한 마음 같은 것. 그와 동시에 한숨을 삼키며 다시금 가파른 계단을 걸어 내려가는 사람의 구부정한 등도 떠오른다. 그의 묵묵한 뒷모습.

죽음과 삶이 공존하는 곳이라 해도 좋을까. 그렇지, 옥상은 그런 곳이지. 최근 나는 「옥상에서」라는 제목의 시를 한 편 썼다. 그 시작은 이렇다.

상추가 자란다

난간을 짚고 떠는 누군가 아득히 먼 곳을 건너다볼 때조차

스티로폼 상자 속에 숨어 작은 숨을 고르는 씨앗이 있다

지난해 있었던 일. 소설가 ㅈ은 도시농부를 꿈꾸며 여러 사람들과 어울려 옥상에 몇 가지 채소를 재배한다고 했다. 로메인상추, 알타리초롱무, 적환무, 방울토마토, 애플민트, 타임허브, 바질 같은 이름마저 고운 것들을 정성으로 기른다고 했다. 만날 때마다 무가 얼마만큼 자랐다느니, 토마토가 몇 알이나 열렸다느니 자랑을 했다. 그 모습이 귀여워 왠지 좀 놀려주고도 싶었다. "그렇게 예쁘다 예쁘다 하며 길러서는 나중에 다 잡아먹는 거예요? 작가님 되게 잔인한 사람이네요." 짓궂은 농담에도 그는 아랑곳하지 않고 파릇한 웃음을 쏟았다.

늦가을 어느 날 ㅈ은 공들여 기른 상추 몇 장을 내게도 나누어주었다. 네모난 종이 상자에 낱낱의 잎을 차곡차곡 포개어 건넸다. 몸에 윤기가 흐르고 낯빛이 맑은 아이들이 상자 속에 얌전히 누워 있었다. 행여 구겨질까 조심조심하며 집으로 가져

온 상추. 세어보니 꼭 여덟 장이었다. 여덟 장이라니, 이런 걸 어떻게 먹을 수 있을까. 시들기 전에 어떻게든 먹어야겠는데, 선뜻 그러지 못했다. 지나치게 생생한 것들이라. 구체적인 존재들이라. 며칠을 망설이다 결국! 유자 드레싱 소스를 한 병 사다 샐러드를 만들어 맛있게 먹었다.

　빌딩은 이상하다. 이미 충분히 익숙하지만 막상 어떤 곳인지 잘 모르겠다. 어떤 마음인지…….
그게 꼭 사람 같다. 나 같다.

천사의 얼굴

막 계단을 오르는데
막 계단을 내려오는 사람과 마주쳤다
구겨진 흰 셔츠의 사람
조금 비틀거리는가 싶더니 황급히 난간을 짚고서

어, 조심하세요, 그러자
그는 괜찮다는 듯 싱긋 웃어 보였다 몹시도 창
백한 얼굴로

어느 날은 창밖의 그를 봤다
유리를 닦듯이 위에서 아래로 가느다란 줄을 타
고 내려오는 그를
조마조마한 심정으로 지켜봤다
조마조마한 빛으로

그도 나를 봤을까

창을 열자

그는 사라지고 없었다 나는 깜짝 놀라서 에이
설마, 하면서

저 먼 아래를 내려다봤다 차마

보지 못했다

눈을 질끈 감고서

생각했다

환영 같은 거라고 나는 며칠째 야근을 했고 잠
을 충분히 자지 못했으므로

과로의 한 증상이라고

생각, 생각을 했다

막 계단을 오르는데

막 계단을 내려오는 사람과 마주쳤다
관계자 외 출입 금지의 사람

입구는 반대편입니다

안이라고 생각했는데
밖이었다 나는
이상했다

며칠째 야근을 했고, 너무 오래 잠들었으므로

계단 아래 엎드려 잠시 기도하고도 싶었지만
누구에게 뭘 빌어야 할지 몰랐다

비상, 계단

　　한동안 내 아지트는 비상계단이었다. 직장 생활을 하던 시절, 다급한 움직임들이 빚어내는 각종 소음들을 뒤로하고 거기 적막한 곳에 숨어 잠시 쪼그려 앉으면 분주하던 마음도 천천히 누그러졌다.

　　창도 빛도 어떤 인기척도 없는 계단에서 나는 안심할 수 있었다. 혼자 앉아 이런저런 생각에 잠기기도, 설핏 졸기도, 눅눅한 종이컵에 든 믹스 커피를 홀짝이기도 했다. 때로 난간 옆으로 고개를 내밀어 겹겹의 어둠을 흘긋거렸다. 아찔함으로 눈이 시

큰해지고 매서운 현기증이 밀려들었다. 밤이면 잠자리에 누워 늘 얼마간의 눈물을 쏟던 때였다. 소중한 이를 잃은 뒤였고, 삶의 저편에 대해 자주 생각했다. 마음속 거세게 박힌 두려움을 거둘 수 없었다. 사는 게 무섭다는 생각을 떨치지 못했다.

회사 곳곳을 배회할 때마다 '위험', '기대지 마시오' 같은 말을 발견하고는 흠칫 놀라곤 했다. '추락 위험', '완강기 비상시에만 이용' 그러나 그런 '위험'은 또 얼마나 매혹적인지. 눈을 뗄 수 없었다. 나도 모르게 자꾸만 여기가 아닌 저기, 먼 저편을 떠올렸다.

비상계단에 앉아 보내는 시간은 십 분 남짓이었으나 때로 영원 같았다. 아득한 시간과 공간. 무릎에 얼굴을 묻고 한껏 몸을 웅크리면 그곳은 순식간에 절대영점絕對零點이 되었다. 세상이 통째로 삭제된 곳. 홀로, 동떨어진 곳.

조금 엉뚱하게 들릴지 모르지만 그 무렵 나는 자주 인터넷으로 '화성 이주민' 모집 공고를 찾아 읽었다. 화성에 사람이 살 수 있는 기지를 건설

한 뒤 그곳으로 사람을 이주시킨다는 화성 탐사 업체의 계획 말이다. 지금은 비교적 잘 알려져 있지만 십여 년 전인 당시만 해도 너무 신기해서, 어쩐지 이끌려서, 한동안 나는 이 프로젝트에 대해 혼자 골몰했다. 무엇이 내 주의를 끌었는지. 아마도 화성에 이주한 후에는 두 번 다시 지구로 귀환할 수 없다는 알쏭달쏭한 이야기 아니었을까. 원웨이 티켓.

　나는 습관처럼 그곳으로 떠나는 나를 상상했다. 일련의 험난한 훈련을 무사히 마친 뒤 어느새 그 별에 도착해 털썩 주저앉는 나를. 복잡한 기계를 가동하면서 (이주민답게) 그곳 척박한 땅을 고르는 나를. (아, 살려 했던 걸까요? 그런 곳에서조차 끝이 아닌 시작을?) 그러다 우두커니 멈춰 서서 광활한 우주의 한 점을 오래도록 응시하는 나를. 두고 온 것들을 곱씹으며 얼마간은 후회 비슷한 것을 하게 되려나.

　때 묻은 계단에 쪼그려 앉아 잡다한 생각들을 끄집다 보면 그곳 계단이 마치 낯선 행성처럼 여겨지기도 했다. 막연한 공상 놀이를 거듭하면서, 스스로도 어이가 없어 조용히 피식거리곤 했다.

눈을 감고, 눈을 감고.

생각을 거듭하다 보면 어디선가 휘파람 소리가 들려왔다. 맑은 노랫소리라기보다 누군가 잘못 뱉어낸 입바람 소리. 푸수수, 푸수수. 연거푸 들리는 어설픈 소리. 위층에서 나는 건지 아래층에서 나는 건지, 실재인지 환청인지 알 수 없는.

거기, 누구죠? 누구 있어요?

그런 게 나쁘지 않았다. 나와 비슷한 처지의 누군가를 상상하는 일. 어느 날은 왠지 기다려져서 조금은 설레는 마음으로 뻑뻑한 비상구 철문을 열기도 했는데. 참 신기하기도 하지, 아무도 없는 혼자만의 공간을 찾아 숨었으면서도 막상 혼자가 아닌 어떤 흔적에 기다렸다는 듯 응한다는 게. 귀 기울인다는 게. 다름 아닌 그것으로 인해 웃는다는 게.

더듬어 보면, 상상 속 화성에서 나는 혼자이

기도 여럿이 함께이기도 했던 것 같다. 아주 혼자는 아니었던 것 같다. 고개를 돌리면 거기 누군가 있었고 그와 함께 미지의 땅을 개간했다.

그 후로 나는 예의 비상계단에서 예기치 않은 갖가지 것들을 대면하게 되었다. 계단에 남은 흔적들이 기다렸다는 듯 말을 걸어왔다. 나와 다름없이 그곳 계단을 드나들었을, 이따금 쪼그려 앉아 이런저런 생각에 잠겼을 이들의 흔적일까. 하루는 기다란 머리카락을 발견했고, 그것을 한참 들여다보았고. 또 다른 하루는 실핀 하나를 주웠다. 자세히 보면 그 검고 가느다란 금속은 미러볼처럼 알록달록 또렷한 빛을 발하고 있었다. 나는 그것을 한동안 코트 주머니에 넣어 가지고 다니면서 시린 손을 깨우듯 만지작거렸다. 손 군데군데를 파고드는 꺼끌한 감촉이 아주 불쾌하지만은 않았다. 어느 날은 때 묻은 밴드를 보았다. 아마도 새 구두를 신은 누군가의 뒤꿈치에서 막 떨어져 나온 것 같은 밝은 갈색 밴드. 밴드 가장자리에는 채 마르지 않은 조그맣고 검붉은 핏자국이 남아 있었다. 밴드의 주인은 어느 틈에 밴드가 떨어진 줄도 모르고 걸어갔을 것이다. 상한 발을 힘주어 끌며 쉼 없이 몸을 움직였을 것이다.

그는 어디로 갔을까.

또다시 나는 피식거리고.

이대로 일어서면, 걸음을 떼면, 촘촘히 박힌 계단을 따라 올라갈 수도, 내려갈 수도 있겠지. 비상구의 사전적 의미는 '갑작스러운 사고가 일어날 때 급히 대피할 수 있도록 마련된 출입구'. 출입구. 나갈 수도 들어갈 수도 있겠지.

몇 걸음만 움직이면 옥상. '절대 위험', '위험', '문을 열면 낭떠러지로 추락할 수 있습니다' 나는 떨어지고 싶었다. 모든 걸 던지고 싶었다. 단번에 짓이겨지고 싶었다. 거짓말, 거짓말, 다 거짓말이다.

나는 날고 싶었다. 살고 싶었다.

비상구

엘리베이터를 타고 로비로 내려갔다 곧바로 옥
상으로 올라갔다 회의실에 갔다 화장실에 가고 휴
게실에 갔다

무엇을 찾고 있는 것 같았다 나는 중요한 서류
인 것도 아끼는 소지품인 것도 같은데
　나는

보이지 않았다
　복도를 한참 동안 서성여도 센서등은 켜지지 않
았다

검은 고요가 떼 지어 밀려왔다 덕지덕지 안겨
왔다

검은 천장 검은 벽 검은 유리에서 간신히 찾은

검은 나는

금방이라도 깨질 것 같은
벌써 깨진 것도 같은

내게서 눈을 뗄 수 없었다 도처의 거울 앞에서
매무새를 가다듬게 되었다
눈 코 입을 붙였다 뗐다 더 많이 붙였다 반복하
게 되었다

검정이 짙어질수록
나는,
나를 바라보는 나는
너무 많은

나는 눈을 뗄 수 없었다

빛은 멀리 있었다 그러나 아주 멀지는 않은 곳에
어떤 자국처럼 퍼렇게 맺혀 있었다

자국은 지워지지 않았다

낯익은 누군가
전선을 닮은 겹겹의 팔을 뻗어 허둥지둥 창을
열었지만
나는 날아가지 않았다

그 자리 그대로 남아
기계적으로 윙윙거렸다 출구를 찾는 척
잠시 그러는 척했다

있다, 없다, 없다

깜깜한 계단에 서 있었다. 차갑고 날 선 돌계단. 무엇 때문인지 몰라도 빌라 센서등이 작동하지 않았다. 몇 걸음만 더 오르면 402라는 숫자가 적힌 문에 닿을 텐데, 분명 그럴 텐데, 그냥 그 자리에 꼼짝 않고 서 있었다. 자정이 한참 지난 시각. 급작스레 닥친 어둠 속에서는 모든 게 아득해지는 법이니까. 곧장 미지의 동굴 속으로 빨려 들어갈 듯이, 낭떠러지로 굴러떨어질 듯이, 상상할수록 낭떠러지는 더욱 선연해져서 그만, 나는 어정쩡한 자세 그대로 얼어붙었다.

내 집, 내 몸은 사뭇 생경한 것이었다. 이럴 수가, 이렇게나 낯설 수가.

순간 나는 오롯한 이방인이 되었다. 감지되지 않는 존재. 수용되지 않는 존재. 어제까지는 분명했으나, 분명하다고 믿었으나, 오늘 이 순간 모든 게 의심스러워진 것이다. 나를 알아차리지 못하는 여기는 어디인가, 내 집이 맞는가. 나는 내가 맞는가. 여러 겹의 터무니없는 의문이 머릿속에 들어차는 것이었다. 의문이 거듭되자 더 아찔해지는 낭떠러지.

그때였다.

빛, 빛이 나타났다. 불쑥,

사람이 나타났다.

어깨 위로 한 다발 빛을 둘러멘 401호. (어째서 센서등은 그제야 작동한 것인지.) 흑색 장막을 휘감고 잠잠히 웅크린 나를 발견한 그는 흠칫 놀라며 한두 걸음 뒤로 물러섰다. 새어 나오려던 얕은 비명을 가까스로 삼키는 게 느껴졌다. 곧 놀란 기색을 감추고 우물쭈물 목례를 한 뒤 쓰레기 봉투를 쥐고서 총총히 계단을 내려가던 그 뒷모습을 보며, 안도할 수 있었다. 아, 나는 있구나.

그가 무심히 부려놓은 신비한 빛을 랜턴 삼아 나는 재빨리 남은 계단을 올랐다. 몇 개의 계단을 올라, 멀고 먼 집으로, 집으로 돌아갈 수 있었다.

긴 출장에서 돌아온 어느 여름날이었다. 도어락이 말을 듣지 않았다. 날은 덥고, 몸은 무겁고, 꽉 찬 캐리어는 거추장스러운데 문이 열리지 않았다. 황당했다. 몇 번이고 같은 번호를 누르면서 나는 또다시 의심했다. 내 기억을. 내 의식과 감정을. 나를 둘러싼 모든 것을. 엉뚱한 곳에 와서 엉뚱한 번호를 누르고 있는 것인지도 모르지. 이토록 엉뚱한 나는 누구일까. 답할 수 없었다. 의심이 또 다른 의심의 꼬리를 물며 점점 길어졌다.

사람을 불러야 했다. 혼자 차근히 어떤 수를 궁리할 여유가 없었다. 도어락 측면에 붙은 조그만 스티커가 눈에 들어왔다. '열쇠 번호키 차키 010-XXXX-XXXX'라고 적힌. 급히 전화를 걸었다. 얼마 뒤 오토바이에 플라스틱 장비함을 싣고 한 사람이 등장했다. 그는 도어락 덮개를 열었다 닫았다 건전지를 넣었다 뺐다 하며 잠시 뚝딱거렸고, 금세 문을 열어냈다. 키패드의 일시적인 오류였을 거라고 했다. 별로 한 일도 없이 출장비를 받는 것 같다며 겸연쩍어하던 그는 괜히 내 옆에 어리둥절 서 있던 캐리어를 들어 열린 문 안쪽으로 옮겨주었다. 그리고 잠시 싱거운 웃음을 짓더니 금세 유유히 퇴장했다.

간단히 문을 열게 된 것은 분명 다행스러운 일이나 어쩐지 께름칙했다. 사소한 기계적 오류에도 지금 여기의 전부를 의심하는 나 자신.

나는 누구인가. 여기는 어디인가. 이 익숙한 화두를 수시로 되뇌는 것. 도시에 산다는 건 원래 이런 것일까. 도시의 빌딩 안에서 살림을 꾸리고 자신을 돌본다는 건.

엘리베이터 앞에 설 때면 이따금 선득해지곤 한다. 무시로 내리박히는 차가운 음성에 주춤거리곤 한다.

　문이 닫힙니다. 문이,

　닫힙니다.

　빌딩을 둘러싼 유리 벽을 지날 때면 습관적으로 멈춰 선다. 거기 내 모습을 꼼꼼히 비춰본다. 옷이나 머리의 매무새를 가다듬는 척하며 나를 확인한다. 희미하지만 분명히 있는 나를. 보세요. 맞지요? 지금 여기 있는 거지요? 묻듯이. 누군가에게 인정을 구하듯이. 여기에는 물론 그런 인정이 가능하지 않을 수도 있다는 전제가 깔려 있다. 언제든 외면당할 수 있다는 것. 누차 그래왔듯이.

　이런 생각을 되풀이하다 보면 어느 날 문득 내 모습이 보이지 않게 되더라도 놀라거나 당황하지 않을 수 있지 않을까. 마침내! 하고 체념할 수 있을지도.

　하루살이 떼를 본다. 아까부터 거실 전등 주변을 미친 듯이, 취한 듯이 윙윙거리는 날벌레들.

아침이면 어김없이 바닥에 내동댕이쳐질 거면서. 휴지로 쓸면 작고 무른 몸체는 너무 쉽게 으깨지고 말 거면서. 그 사실을 모르지 않을 텐데도 이들은 왜 여기까지 힘주어 날아온 것일까? 왜 이 별것도 아닌 주광색 파장에 매혹된 것일까? 어쩌면 살고 있다는 사실, 그 하나 때문일지도 모르겠다. 그 하나의 사실을 확인하기 위해서일지도.

방 안에 잠자코 누워 윗집과 옆집에서 나는 물소리를 듣는다. 주방 후드를 타고 흘러온 밥 냄새 찌개 냄새를 맡는다. 누군가는 욕실에서 샤워를 하고 오줌을 누고, 누군가는 청국장을 끓여 먹는군. 개가 짖는군. 피아노를 치는군. 그 솜씨는 영 엉망이군. 이런 것을 떠올릴 때 나는 간신히 지금 여기 있는 것 같다. 실재하는 것 같다. 빛 곁에 머물며, 춤추고 씨름하며 한껏 부대낄 때 비로소 자신을 감각하는 저 조그만 존재들처럼.

가엾다. 빌라 계단 구석에 덩그러니 놓인 은행잎 한 장. 가장자리에 까만 멍이 들고 여러 군데 구멍이 난. 어느 바람에 실려 온 것인지, 누구의 옷

48

자락에 묻어 온 것인지 알 수 없지만, 왜 하필 이곳으로 왔을까, 이제는 묻지 않는다. 다만 어떤 안간힘으로 여기에 당도했을 마음을 헤아린다. 또한 안간힘 그 자체를.

가엾다. 살아가는 모든 존재가 가엾어지는 순간은 오고 마는 것. 마침내!

창을 연다. 속에 가득 찬 울음을 어쩌지 못하는 사람처럼 빛 곁에 모여 악착같이 윙윙거리는 이들을 내보내려. 더 좋은 곳으로 가렴. 이제 좀 편안해지렴. 천장 가까이 손을 펴 들고 휘휘 젓는 시늉을 하다 이내 그만둔다.

손님

옆집 403호가 언제부터 비어 있었는지 알 수 없다. 한 3년 전까지 제법 북적였던 것 같은데…… 내 집 작은방과 그 집 안방이 벽을 사이에 두고 붙어 있는지, 이따금 한밤중 작은방에 들어가 이런저런 물건을 뒤적일 때면 코 고는 소리가 생각 이상으로 크게 들려 놀라곤 했다. 이렇게 방음이 안 돼서야, 쯔쯔, 하다가도 모종의 안도를 느꼈다. 아, 누군가 살고 있구나, 이렇게 가까이에 사람이, 하면서. 실제로 얼굴 한 번 대한 적 없는 사람일지라도. 비가 오는 날이면 내 집과 그 집을 잇댄 한 평 남짓의 작은 복도에 젖은 우산이 떡 하니 펼쳐져 있기도 했다. 나는 우산을 접어 보란 듯 그 집 문 앞에 세워두었다. 언제나처럼, 쯔쯔, 쯔쯔, 하면서.

그러던 어느 날 그는, 그들은 사라졌다. 아무 예고도 없이. 공동 주택에서 하는 이사라면 으레 따르기 마련인 약간의 소음 혹은 소동도 없이. 마치 허물을 벗듯이 스리슬쩍 집을 빠져나갔다. 이후 몇 년간 다른 세대가 들고 나는 동안 그 집만은 계속 비어 있었다. 그사이 문에는 '도시가스 점검 안내'라고 적힌 노란색 스티커가 덕지덕지 붙었고 검침원은 몇 번이고 헛걸음을 했다. 집이 경매에 붙여졌다는 이야기가 들려오는 걸 보니 무슨 복잡한 사정이 있었던 모양이라고 짐작할 따름이었다. 한밤 나를 놀라게 했던 그때 그 코 고는 소리, 그것은 어쩌면 어떤 고단한 일에 대한 암시였을까.

그리고 주말 아침 난데없이 시작된 소음 혹은 소동. 초인종 소리가 끊이지 않았다. 익숙한 클래식이 전자음으로 재생되는 소리. 403호였다! 인터폰이 고장 나기라도 한 것인지 소리는 좀체 멈추지 않고 빌라 전체를 휘감았다. 몇 시간 그러고 말겠지 했지만 하루가 지나고 이틀이 지나도록 상황은 지속되었다. 입주민들이 모인 채팅방은 부쩍 분주해졌다. 이게 대체 무슨 일이죠? 글쎄 말입니다. 쯔쯔, 쯔쯔. 심한 두통과 어지럼증을 호소하는 이웃들이 4층 계단을 오르락내리락하는 광경을 나는 괜스레 어쩔 줄 몰라 하며 지켜봤다. (그들에 비하면 나는 그다지 예민한 축도 아니었던 것입니다.) 논의 끝에 인터폰 회사에 연락해 수리를 요청하고 전문 인력이 두어 차례 왔다 갔지만 상황은 달라지지 않았다. 403호의 문을 열어야만 해결이 된다는 것. 하지만 무슨 수로? 우리 중 아무도 403호를 몰랐다.

"403호? 빈집이었다니 몰랐네요 전혀." 뜻밖이라는 듯 놀라는 이도 있었다. 개중에는 그를 봤다는, 새벽에 우편물을 챙겨 도망치듯 빌라를 빠져나가는 모습이나 주말 아침 일찍 빌라 앞 놀이터를 서성이는 모습을 목격했다는 이도 있었다. "403호 맞아요, 분명 403호였어요." 그렇지만 마찬가지였다. 아무도 403호를 몰랐다.

그사이 발 빠르게 등기부등본을 열람한 한 이웃은 그곳에 주택도시보증공사가 채권자로 기재되어 있다는 사실을 확인했다. 또 다른 이웃은 언젠가 주택도시보증공사에서 관계자가 나와 도어락 비밀번호를 바꾸고 가는 걸 본 적이 있다고 했다. 사실을 확인하려 해당 기관에 문의해도 담당자와의 접촉은 쉽지 않았다. 한국전력공사에 단전을 요청하기도, 경찰서와 소방서에 차례로 민원을 넣기도 했지만 역시 해결책을 얻지는 못했다. 아무도 403호를 몰랐고, 아무도 그 문을 열 수 없었다.

저 문을 어떻게 열 것인가.

도무지 사그라지지 않는 전자음에 시달리며 입주민들은 고통과 고민과 당황의 나날을 보냈다. 채팅창은 연일 부산했다. 저마다 난감한 심정을 토로하는 가운데, 금세 평온을 되찾은 이들도 있었다. 처음엔 견딜 수 없이 괴로웠지만 어느 순간 소리는 거짓말처럼 잦아들었다는 것이다. 나흘쯤 지난 때였을까. "차츰 소리가 작아지네요. 정말 다행이지 뭐예요." 이제 소리는 거의 들리지 않는다는 것이다. 그러니 조금만 기다리면 문제는 자연히 해결될 거라고 나머지 입주민들을 안심시켰다. 그럴리가…….

지금 내 귀에 꽂히는 이 소리는 뭐지? 조금도 잦아들지 않은 소리. 이것은 과연 실재인가? 내 귀는 정상인가? 상황은 난데없이 일종의 미스터리로 뻗어가기 시작했고, 괴로움과는 별개로, 이 미스터리는 묘한 호기심을 자아냈다. 앞으로 이야기는 어떻게 전개될 것인가, 나는 촉수를 한껏 곤두세웠다.

그러나 호기심은 금세 걷히고 말았다. 주민센터에 긴급 민원을 넣은 결과였다. 주민센터 담당자는 어렵사리 403호의 연락처를 수소문했고 그에게 일련의 상황을 전할 수 있었던 것이다. 전화는 받지 않았다고 한다. 대신 메시지로 빌라의 사정을 일러두자 얼마 뒤 측근을 통해 도어락 비밀번호를 전달했다고 한다. 신변이 노출될까 조심을 거듭한 403호, 그는 아직 쫓기고 있는 것일까. 알 수 없지만, 이후 입주민 몇이 403호 문을 열고 들어가 무사히 실내 인터폰 전원을 껐고, 빌라는 다시금 고요를 되찾을 수 있었다.

아니다. 어쩌면 고요는 오지 않았다. 한동안 소리가 계속 귓가를 맴도는 듯했으니. 계단을 오르내릴 때는 물론 집 안 거실에 가만히 앉아 있을 때조차 나는 들었다. 느꼈다. 일종의 감각 잔류랄까. 언제까지나 소리가 계속될 것 같았다. 그리고 순간 나는 생각했다. 혼자만의 이상한 흥분에 휩싸여.

시를 쓰자. 시를.

이 일련의 사태를 시로 쓴다면, 어떤 시를 쓸 수 있을까. 시작은 아무래도,

벨 소리가 끊이지 않는다 비어 있는 403호, 초인종이 고장 났나봐요

썼다 지운다.

모두 태연하다 아무 소리도 들리지 않는다고

한다 빌라는 평화롭다고 한다

　　빈집이라니 몰랐네요 전혀, 201호는 놀란다
얼마 전까지 누군가 드나드는 걸 봤는데요
　　인사를 나눈 적은 없지만
　　분명 봤어요 사람

　　쓴다.

　　소리, 어느 때는 무섭고 어느 때는 가여운
　　문을 열어요 제발 흐느끼는
　　목소리
　　이토록 끊이지 않는, 누가 왔나봐요, 아무도
오지 않았다고 한다

　　제목은 '손님'이 좋겠다고, 휴대폰 메모장에
급히 메모한다.

　　문을 두드린다 속으로 쾅쾅 문을 부술 듯이,
옆집이에요 옆집

소리는 더 커진다 고요도 덩달아 몸집을 불
린다

안에 웅크린 누군가 일부러 장난을 치는 것
도 같아

고함을 지른다

거기 사람, 사람

썼다 지운다. 썼다. 그러면서 소리는 더욱 생
생해졌다.

집을 나설 때나 집으로 돌아올 때 나는 습관
적으로 403호 잠긴 문을 돌아다보았다. 때로는 일
부러 그 문 앞을 기웃거리거나, 문에 귀를 바짝 대
보거나, 문에 붙은 이런저런 고지서를 살피기도 했
다. 새로 포착한 장면을 재빨리 메모장에 기입하면
서. 그러고 있는 내가 우습기도 하고, 또 한편으로
는 조금 징그럽게 느껴졌는데…… 이유를 정확히
설명할 수는 없었다. 꼭 나쁜 짓을 저지르고 있는
듯 찜찜한 기분이 들었다. 이것을 시로 써야지, 시
로 써야지. 이런 내 결심은 괜찮은 것일까. 누군가

의 긴한 사정을 두고 마치 탈취하듯 그것을 시로 쓰려 궁리하는 나는 어딘가 일그러져 있는 게 아닐까. 누군가에게 이런 사실을 고백한다면 그는 별다른 내색 없이, 아마도 티 안 나게 얼굴을 굳히고는 내게서 한 걸음 물러설 것 같다. 때로 어떤 비극이 나로 인해, 내가 써버린 시로 인해 부피를 늘릴지도 모른다는 공포가 밀려들기도 했다. 지나친 염려, 아마도 자의식 과잉이겠지만.

이런 식의 강박 섞인 생각을 거듭하다 보면, 쓰는 나를 나는 도무지 좋아할 수가 없다. 무서운 비밀처럼, 좋아할 수 없는 시가 폴더 안에 쌓여간다.

소리는 제법 오랫동안 사라지지 않았다.

거기 사람, 사람

나는 403호를 몰랐다. 그는, 그들은 지금 어디서 어떤 잠을 자고 있을까. 벽을 두드리듯이, 곧장 벽을 허물 듯이 세차게 세차게 코를 골고 있을까.

초대

원래 이렇게 조용해?
묻는다
그런가? 조용한가? 잘 모르겠어요 나는
대답을 하고

평소엔 음악을 켜두니까, 변명하듯이
괜히 신경이 쓰여서

정말 아무 소리도 들리지 않네
신기하게

고개를 갸웃대며 당신은
벽을 따라 서성인다 무표정의 흰 벽을
노크하듯 톡톡 두드려본다

한 번도 옆집 사람을 만난 적이 없어요

그럴 수가? 어떻게 그럴 수 있지?
당신은 조금 놀라고

민망해져서 나는
어쩐지 수상해져서
밤처럼
밤의 커튼 뒤에 간신히 숨은 살찐 유령처럼

조용해
아무래도 너무 조용하다고

당신은 연거푸 헛기침을 한다
초조한 기색으로
문 쪽을 힐끔거린다

가지런히 놓인 신발이 있구나
느닷없이 걸음을 멈춘 한 켤레 신발이

어째서 여기 있을까
이토록 조용한 집에

귀를 의심한다 끊어질 듯 소곤소곤 이어지는 당
신의 이야기를
의심한다
마주 앉은 당신을

먼 곳으로 눈을 돌리면
두꺼운 어둠이 펼쳐진 창
그 위로 누군가 다급히 그려 넣은 얼굴

하나인지 둘인지 혹은,

가르쳐주지 않는다 아무도 말이 없다

어떤 방

　　용미리 이야기를 해야겠다. 내가 아는 하나
의 집, 하나의 방에 대해.

　　용미리는 멀지 않다. 불광역 8번 출구로 나가
774번 버스를 타면 파주시 광탄면 용미리 시립묘
지까지 두 시간이 채 걸리지 않는다. 버스는 약 십
오 분 간격으로 있고. 너무 쉽고 간편해 때때로 내
가 가려는 곳이 그 죽음의 공원이 맞는지 속으로
되묻곤 한다. 빼곡히 돋아난 봉안묘들과 줄 맞춰
무수히 늘어선 봉안담들을 떠올리곤 한다. 용미리

는 그렇게 있다는 사실을 다시금.

용미주유소와 용미3리, 용미2리를 거쳐 연대 앞 6010부대 정류장에 이른다. 정류장 맞은편에 제1묘지 입구가 있다. 입구에 위치한 아무 꽃집에 들러 무성의하게 엮인 국화 다발을 사면 꽃집 승합차가 목적지까지 데려다준다. "꽃 사가지고 가세요." 주인이 길가에 나와 손짓한다. 대체로는 사지 않는다. 벌써 죽어가는 꽃이니까. 승합차를 타지 않는다. 빈손으로, 천천히 천천히 걷다 보면 슬며시 등줄기에 땀이 밴다. 그렇게 닿아야 한다. 그리운 이를 만나기 위해서라면 조금은 힘을 들이고 애를 써야 한다.

삼십 분쯤 오르막을 오르면 반듯하게 정리된 시립묘지의 광망한 풍경이 펼쳐진다. 헤아릴 수 없이 많은 존재가 있는 것도, 또 아무도 없는 것도 같다. 곁을 스치는 묘비 속 이름들을 더듬거리다 보면 용미리는 더 가까워진다. 그 모두가 아는 이름들 같다. 언젠가 한 번은 불러본 이름들 같다. 죽어 무덤을 가진다는 건 어떤 기분일까. 제 몫의 비석을 갖는다는 건. "화장이 좋겠어. 그냥 어디 산이나 바다 같은 곳에 뿌려줘." 그런 말을 들은 기억이 떠오르는 것도 같다. 죽어 무덤을 갖지 않는다는 건 어떤 기분일까. 갖지 못한다는 건. 용미리에서는 답도 없는 생각이 꼬리에 꼬리를 문다.

봉안당에 안치된 납골함. 그 각각에는 원룸 호수 같기도, 병실 호수 같기도 한 번호가 붙어 있다. 23868. 때마다 소리 내어 읽고 다이어리에 적어도 보지만 좀처럼 외워지지 않는 번호. 방도 병실도 아니라 실은 작은 상자에 지나지 않는다는 것. 상자, 상자, 되뇔 때마다 속으로 내심 놀라게 되지만.

나는 결코 그 상자 안을 들여다볼 수 없다. 알 수 없다. 내가 모르는 세계가 거기 있다는 것. 안다면 놀랄 것인가. 무서워 울음을 터뜨릴 것인가. 가끔은 거기서 내다보는 이곳의 풍경이 궁금해진다. 어떤 모습일까. 아마도 무척 고요하고 평온할 것 같다. (시집 『한 사람의 닫힌 문』의 표지를 정할 때는 이 같은 생각이 모티프가 되었지요.) 손을 모아 기도를 한다. 냉담자인 주제에 "아멘-" 하고 성호를 긋기도 한다. 허리를 굽히고 고개를 숙이기도 한다. 알 수 없는 세계 앞에, 알 수 없는 말을 늘어놓기도 한다. 밥 잘 챙겨 먹어. 감기 조심해. 그러면 들릴까. 응, 하는 대답이 메아리처럼 돌아올까.

용미리만큼 평온한 곳을 알지 못한다. 집 근처 편의점에서 사 온 캔 커피를 꺼내 마신다. 뜨겁지도 차갑지도 않은 커피. 곳곳에 돗자리를 펴고 둘러앉은 가족들을 곁눈으로 구경한다. 뭘 싸 가지고 왔을까. 찬합에 든 알록달록한 음식과 향이 짙은 술을 사이좋게 나누어 먹고, 그 곁에는 아이들이 까르륵대며 뛴다. 무덤이 가득 들어찬 이곳이 어쩐지 도시 외곽의 오래된 유원지처럼 느껴진다. 아끼는 이가 생기면 함께 와야지. 그에게 용미리를 보여줘야지. 근사한 곳이 있어. 그곳을 나는 좋아해. 너도 부디 좋아해주었으면.

묘지에도 봄은 온다는 것. 봄마다 꽃은 피고. 774번 버스 정류장에서 제1묘지로 이어지는 길에는 몇 그루 야윈 벚나무가 늘어서 있고. 언젠가 그 길을 애인과 걸었던 일도 있었다. 환한 빛깔의 블라우스를 차려입고서. 빵이나 과자, 도시락을 사들고서. 소풍하듯이. '여기'와 '거기'가 다르지 않다고 말하고 싶어서. 각양의 죽음을 배경 삼아 브이를 그리며 사진을 찍었던 일. 시간이 지나면 제대로 들여다보지도 못할 그런 사진을. 종일 과장되게 웃고 과장되게 목소리를 키우며 "고마워", "미안해" 여러 번 말했던 일. 풋내 나는 햇살 사이 잠시 숨을 고르던 비의.

빈 플라스틱 도시락을 달그락거리며 공원을 내려오던 길. 그 길에서 우리는 만나게 되지. 벚꽃 아래, 비쩍 마른 개 한 마리가 죽어 있는 모습을. 아주 연극적인 자세로. 어쩜…… 그러나 말할 수 없다. 차에 치여 벌겋게 짜부라진 몸이 눈을 반쯤 감은 채 재빨리 멀어지던 우리 곁으로 달려들 것만 같아서. 어쩌면 아직 살아 있을지도 모르는 개. 죽음보다 무서운 건 죽어가는 것. 아직, 살아 있는 것. 걸음은 빨라지고. 우리는 재빨리 서로의 손을 찾아 붙잡았을까. 슬그머니 잡고 있던 손을 놓았을까.

알 수 없지. 알 수 없어. 너의 입은 좀처럼 열리지 않았다. 우리는 더 이상 웃지 않았다.

용미리에는 참 새가 많구나. 그래, 그러네. 새가 운다고 말하는 사람이 있는가 하면, 새가 노래한다고 말하는 사람이 있지. 나는 어느 쪽일까. 너는? 새는 울지도 노래하지도 않고 다만 살고 있을 뿐, 가끔 소리 내며 살아갈 뿐이라고 말하는 사람도 있다. 사람들은 죽어 왜 새가 되고 싶어 하나. 새는 누구의 환생인가. 알 수 없지만, 새를 바라볼 때마다 괜히 그 누군가의 평안을 바라게 된다. 부디 외롭지 않기를, 따뜻하기를, 웅얼거리게 된다. 새가 난다. 용미리의 파란 하늘을 유유히 날던 새는 잠깐씩 봉안담 곁 바닥에 내려앉는다. 그 앞에 쓰러진 소주병. 병에서 흘러나온 소주를 정신없이 홀짝이는 지빠귀 한 마리. 누가 먹다 남긴 술일까. 어떤 마음이 차려두고 간 것일까. 취한 지빠귀가 난다. 비틀거리지도 않고 훨훨 날아간다.

용미리에서는 누구나 울 수 있다. 한낮의 울

음소리가 봉안담 사이사이로 스민다. 볕은 내리쬐고 울음소리는 금방이라도 타들어갈 듯하다. 대리석 벽 뒤에 앉아 그 여린 흐느낌을 듣는다. 엄마, 엄……마, 듣는다. 가만히 듣다 보면 꿈결 같다. 흑백의 세계 속 온통 혼자인 꿈. 살아 있다는 게 믿어지지 않는다. 그러나 분명 살아 있다. 나는 살아 있다. 꿈은 금세 달아나고. 잠에서 깨어난 사람은 그만 울음을 그친다. 자리를 털고 일어난다. 매무새를 가다듬는다. 그가 앉았던 자리에는 술이 반쯤 채워진 눅눅한 종이컵과 누렇게 색이 변한 북어포 접시가 놓여 있다. 나무젓가락 한 쌍이 바람에 나뒹군다. 꽃은 시들고, 그러나 시들기도 전에 버려지고. 쓰레기통에 박힌다. 청소를 하는 이가 말없이, 아주 익숙한 손길로 그것들을 실어 간다.

납골함 군데군데 붙은 스티커를 본다. 사용기간이 만료되었음을 알리는 고지. 유족에게 연락이 닿지 않았다는 뜻이다. 유족은 때마다 사용료와 관리비 등을 납부해야 한다. 납부 기한이 지나면 6개월 후 납골함 사용이 중지된다. 오갈 데가 없어진 납골함 속 영혼들은 또 어떻게 되나. 어디로 버려지나. 한 사람을 떠나보낸 뒤 그 몫의 고지서를 받게 된다는 건 어떤 의미일까. 어떤 삶의 기호일까. 고지서에 책정된 비용을 가늠한다는 것. 때마다 그것을 떠올린다는 것. 살아 있는 자의 가장 큰 책무. 그러므로 우는 일에 앞서 사는 일이 필요하다는 것.

집으로 돌아가는 길에는 여지없이 졸음에 잠긴다. 버스는 굽은 모퉁이를 돌고 또 돈다. 소도시의 희미한 풍경이 스친다. 창에 머리를 부딪히며 나는 어디로 가고 있는지. 내 집은 어디인지. 몽롱해져서 이런저런 생각에 빠진다. 앓는 이가 병원에 누워 있을 적 내 꿈은 하나였다. 그와 함께 집으로 돌아가는 것. 작은 방에 함께 누워 새 이불을 깔고 낮잠을 자는 것. 그러나 그것은 꿈, 끝내 이루지 못했지. 한 번도 입 밖으로 꺼내본 적 없는 지금의 꿈은, 다름 아닌 용미리에 사는 것. 용미리 가까운 길목에 작은 아파트를 하나 얻는 것. 용미리의 사람이 되는 것. 생경한 이름의 공장과 창고가 수두룩한 용미리. 표정이 어두운 외국인 노동자들이 두툼한 가방을 메고 버스에 오르는 곳. 이곳 낯선 타국에서 그들은 무엇을 만드는 것일까. 무엇을 먹고 무엇을 보고 무엇을 염려하는 것일까. 버스를 타고 어디로 가려는 것일까.

용미리. 그리운 마음에 달려왔으나 정작 그리운 이는 여기 없다. 전화를 걸 수도, 편지를 부칠 수도 없다. 그 사실에 좌절한다. 그 사실을 끝없이 확인하는 일에. 그래서 쓴다. 시를 쓴다. 기어이 좌절할 것을 알면서도, 닿지 못할 것을 잘 알면서도 전하고 또 전하는 안부 같은 것이 시일지 모른다고 생각해왔다.

다시 용미리. 한겨울의 용미리는 유난히 희고 고즈넉하다. 납골당을 빠져나오는 길. 구두에 스타킹을 신은 발이 시리다는 생각을 떨칠 수 없다. 춥구나, 참 추운 곳이구나, 되뇌며 걷는다. 바닥의 얽히고설킨 발자국들은 다만 얼룩을 만들 뿐. 녹다만 새카만 눈이 낮은 소리로 서걱인다. 그런데 참 이상하기도 하지. 일순 아주 따뜻한 기운이 발등에 서려온다. 마치 누군가 발등에 내려앉아 가만가만 입김을 불어주듯이. 이것은 누구의 입김인가. 과연, 짐작할 수 있을 것 같다. 납득할 수 있을 것 같다. 한 발 한 발 걸음을 내딛는 순간이 벅차다. 아름답고 신비롭다. 누군가 분명 곁에 있다는 사실이.

보이지 않는 것을 믿는 일. 보이지 않는 것을 깊이 사랑하는 일. 용미리에서 배웠다.

장마

나는 무언가 쓰고 있다. 노트북 자판을 두드리고 있다. 내가 조심조심 자판을 두드리는 소리에 ㅅ이 불쑥 "……빗소리구나" 한다.

"비, 비가 오는구나……."

나는 잠시 쓰기를 멈추고 ㅅ을 본다. 소파에 대충 몸을 구기고 누워 풋잠에 든 그는 어떤 꿈을 꾸고 있는 것 같다. 비는 오지도 가지도 않았는데, 그는 난데없이 어깨가 다 젖은 채로 꿈의 낯선 거리를 걷고 있는 것 같다.

비가 오는구나, 비가 오는구나.

이 비를 혼자 다 맞겠구나.

나는 무엇을 쓰고 있었을까, 문득 감추고 싶어져 조용히 노트북을 덮는다.

어떤 시를 쓰고 있었나. 혹은 어떤 이야기를? ㅅ에 대한 이야기?

이야기 속에서 ㅅ은 돌을 모으는 사람. 그저 "재미로", "어쩌다 보니" 혹은 "눈에 띄어서" 이따금 길바닥의 돌멩이들을 주워 오는 사람. 그러다 어느새 집 구석구석을 돌멩이로 채워버린 사람.

ㅅ은 돌을 모으는 일에 부쩍 재미를 느끼는 것 같았다. 이따금 집 안을 오가며 몇 초씩 길게는 몇 분씩 자신이 가져다 놓은 돌들 앞에 가만히 멈춰 서 있곤 했다. 돌 속에 돌 아닌 어떤 것이 숨어 있기라도 한 것처럼, 그리고 그 숨은 것을 찾아내어 곧장 "유레카!" 외치기라도 할 것처럼 그는 목을 길게 늘어뜨려 돌들을 정성껏 응시했다. 손으로 조심스레 어루만지거나 수건을 가져다 구석구석 스

민 먼지 같은 걸 닦아내기도 했다. 얼핏 우스꽝스럽게도 보이는 그 모습은 묘한 상상을 자아냈다. 저러다 저 사람 돌이 되어버리는 건 아닌지, 돌 속에 스며 영영 사라지는 건 아닌지, 나는 자주 엉뚱한 걱정에 사로잡혔다. 어휴, 이제 그만 좀 봐! 저지하고도 싶었지만 그 순간만큼은 왠지 함부로 말을 걸거나 방해해선 안 될 것 같아 조용히 돌아설 때가 많았다.

돌을 모으기 시작한 뒤 실상 ㅅ이 별다른 변화를 보인 것은 아니다. 언제나처럼 제시간에 출근해 제시간에 돌아왔다. 야근이 없는 날이면 우리는 함께 저녁을 먹고 소파에 나란히 기대 TV를 보거나 책을 읽었다. 주말 저녁이면 마트에 가 장을 보고 근처 공원을 산책했다. 그리고 제시간에 씻고 제시간에 잠이 들었다. 천장이 낮고 어두운 방에 누워 한참을 뒤척이다 "자?" 물으면 옆의 그는 아무 말 없이 내 손을 끌어다 꼭 잡아주었다.

그럼에도 돌을 대하는 그의 행동에 대한 의문은 좀체 가시지 않았다. 앞으로 얼마나 더 많은

돌이 이 집을 채울지, 우리 사이를 비집고 들지 알
지 못한 채로 ㅅ이 없는 집에 혼자 남아 돌들을 들
여다보고 있자면 가끔은 이상한 기색을 느끼기도
했다. 이 과묵한 몸체들이 일부러 한껏 숨죽인 채
나를, 나와 그의 일거수일투족을 지켜보는 것 같달
지. 나도 모르는 나의 속내를 꿰뚫어 보는 것 같달
지. 묘한 기분에 휩싸여 돌들을 찬찬히 둘러볼 때
면 양팔에 으스스 소름이 돋기도 했다.

"소란!"

한 번은 ㅅ이 부르는 소리에 무심코 고개를
돌렸다가 몹시도 놀랐다. 거실 책장 사이에 놓인
새카만 돌과 느닷없이 '눈'이 마주친 것이다. ㅅ은
이미 외출한 뒤였는데…… 그냥 어쩌다 겪는 환청
이나 환시 같은 것일 테지, 그래 그럴 거야, 그렇지
만 그 돌의 눈초리는 정말 매서웠어, 하는 해괴한
이야기는 차마 ㅅ에게 하지 못했다.

이런 이야기. 그래, 조금은 해괴한 이야기. 이
런 건 결코 시가 될 수 없을 테지만. 시 아닌 어떤

것도 될 수 없을 테지만.

나는 다시 노트북을 연다. 가슴 가까이 끌어당긴다. 어쩐지 무언가 쓰고 싶어진다. 이대로 쉼 없이, 쉼 없이.

비가 와, 아주 많은 비가.

조금 더 자.

ㅅ은 한기를 느낀 듯 몸을 웅크린다. 등받이 쪽으로 돌아누워 무릎을 조금 더 구부린다. 여전한 빗속인지, 발가락을 천천히 고무락거리며.

그는 비의 나라에 한껏 붙들려 있다.

그곳은 어떤 곳일까. 나는 알지 못한다. 내가 한 번도 가보지 못한 곳.

고개를 돌려 창밖을 바라본다. 누군가 엉성한 솜씨로 그려낸 한 폭의 수묵화처럼 엷은 먹물에 뭉개진 하늘을 올려다본다. 키가 들쭉날쭉한 빌딩들 사이로 희미한 낮달이 하나 걸려 있고, 그 작고 둥근 것을 나는 가만히 바라본다. 간신히 버티고 있는 듯한 침묵의 얼굴. 나는 한참 동안 눈을 떼지 못한다. 회색의 울울한 풍경 속에 곧장 묻혀버릴 것 같아. 지워져버릴 것 같아. 급히 휴대폰 카메라를 켜 그 순간의 초상을 잡아둔다.

돌을 본다. 탁자 위에 놓았던 것을 다시 손바닥 위에 올려두고 들여다본다. 자정이 가까운 시간. 여느 때와 달리 퇴근하자마자 자료 뭉치를 들고 작은방에 틀어박힌 뒤 꼼짝 않던 ㅅ은 잠시 편의점에 다녀온다며 나갔다. 그리고 두 시간이 지난 지금까지 돌아오지 않고 있다. 나는 그를 기다리고 있다. 그를 기다리고 있다. 그는 돌아올 것인가. 돌아오지 않을 것인가. 그는 어디로 갔나. 가슴에 난 작은 구멍들에서 갖가지 의구심들이 동시에 샘솟는다. 막을 도리가 없다.

"잠시 바람 좀 쐬고 왔어." 곧 아무렇지 않은 듯 문을 열고 들어설지도 모른다. "왜? 걱정했어?" 곁으로 와 내 놀란 등을 가볍게 토닥여줄지도 모른다. 그럴수록 또다시 밀려드는 불길한 예감들.

ㅅ에게선 아무 연락이 없다.

그의 휴대폰은 탁자 위에, 돌이 있던 곳에 올

려져 있다. 돌처럼 얌전히 있다. 나는 손바닥 위 돌을 잠시 조몰락거리다 그대로 팽개쳐버린다. 벽에 부딪히며 둔탁한 소리를 낸 돌은 이내 힘없이 거실 구석으로 나가떨어진다. 나는 책장이며 서랍장에 숨죽인 돌들을 눈에 보이는 대로 집어 내동댕이친다. 바닥에 떨어져 잠시 뱅그르르 돌기도, 탁자 모서리에 닿아 엉뚱한 방향으로 튕기기도 한다. 그리고 다시금 말없이 잠잠히 지금의 자리를 지키는 돌들. 어떤 비명도 없이 그저 묵묵한 ㅅ의 돌들.

거실 가운데 주저앉아 발밑에 놓인 자갈 하나를 집어 든다. 몹시도 닳아 일그러진 얼굴. 아, 나는 괜히 소름이 돋아서 거의 던지듯 돌을 다시 바닥에 내려놓는다. "소란⋯⋯." 귀에 익은 목소리. 울고 난 뒤인지 조금 잠긴 목소리다.

ㅅ은 여전히 눈을 꼭 감은 채다. 가까이 다가가면 고르고 가는 숨소리가 들릴 것이다. 나는 조용히 의자를 뒤로 물리고 일어선다.

유리에게

　　"그는 마치 유리를 다루듯이 나를 안는다." 얼마 전 어느 잡지에 실린 가벼운 콩트를 별생각 없이 읽어내리다 지나치지 못하고 괜스레 더듬댄 문장. 관용적이라 할 만한 표현이지만, 나는 문득 골똘해졌다. '유리'에 대해 조금쯤 할 말이 있는 것처럼. 유리를 다루듯이, 유리를 다루듯이……. 너무 투명해 깨지기 쉬운 마음. 무심한 손이며 성난 바람이 쓸고 간 자국을 어쩌지 못해 울상이 된 얼굴. 그런 것을 다룬다는 건 어떤 의미일까. 그런 것에 닿는다는 건. 유리란 뭐지? 누구지? 나는 한 번이라도 유리를 안아본 적이 있었나. 그러니까 나는 유리라는 이름의 한 사람을 떠올리고 있었던 것이다.

유리를 만난 건 대학 시절 명동에서였다. 그곳 한 의류 잡화 매장에서 유리와 나는 함께 아르바이트를 했다. 지금은 자취를 감추다시피 한 상태이지만 당시에는 유명 배우를 모델로 기용해 화제가 된 패션 브랜드였고 매장은 늘 붐볐다. 내국인 외국인 할 것 없이 너무 많은 사람들이 마치 하나의 고지를 점령하듯 들이닥쳤다. 비슷한 시기 일을 시작한 나와 달리 뭐든 조금씩 더 능숙했던 유리. 칼각을 잡아 셔츠를 개고 그것을 야무지게 진열할 줄 알았던 유리. 손님의 까다로운 주문이나 문의도 척척 받아낼 줄 알았던 유리.

언젠가 가게 바깥에서 유리가 일하는 모습을 잠시 지켜본 적이 있다. 정해진 시간보다 조금 일찍 도착한 날, 어쩐지 곧장 매장으로 들어가기가 싫어 먼발치에 서서 망설이던 때. 창고에서 여러 개의 운동화 박스를 가지런히 쌓아 안고 나온 유리가 한쪽 무릎을 꿇고 앉아 신발 끈을 묶고 있었다. 한껏 열중한 그 애의 새카만 머리통, 쉴 새 없이 꼼지락대는 조그만 손가락. 관광객으로 보이는 젊은 백인 남자가 한쪽 신발을 벗은 채 그 모습을 멀뚱히 내려다보고 있던 모습이 어쩐지 오래 잊히지 않았다.

　　주말이면 우리는 희고 널따란 매장에서 아침부터 밤까지 열 시간 가까이 꼬박 서서 일했다. 점심시간이나 휴식 시간 같은 것도 따로 없어서 식사는 주로 은박지에 둘둘 말린 김밥이나 버거, 샌드위치 같은 패스트푸드로 때워야 했다. 청바지와 티셔츠가 켜켜이 쌓인 작은 창고 한 편에 웅크리듯 앉아 그것들을 급히 먹어치우고는 캑캑거리며 다시 매장으로 나서던 기억. 그러면서도 우리는 출퇴근 무렵 짬이 날 때마다 제법 이런저런 수다를 나누었다. 자질구레한 이야기 끝에는 꼭 립글로스를 고쳐 바르던 유리. 스스럼없이 제 것을 내밀며 "언니도 바를래요?" 말하곤 했다. 가게 문을 닫는 열 시면 어김없이 고요해지던 명동 길을 걸어 나와 종로까지 함께 걷던 유리. 같이 가요. 팔짱을 끼던 유리. 얼른 돈을 모아 독립을 하고 싶다던 유리. 어느 날은 물리치료사 자격증을 준비할 거라고 했다가, 어느 날은 워킹 홀리데이 비자를 받아 외국에 나갈 거라고 했다가, 대학에 갈 거라고 했다가, "아니 아니 우선은……" 작은 방을 하나 구할 거라고 했다가.

추억이라 이를 만한 것은 많지 않다. 언젠가 내가 다니던 학교 근처에서 함께 술을 마셨던 일 정도가 어렴풋이 남아 있다. 아르바이트가 없는 평일 저녁, 동아리방을 어슬렁거리던 나는 갑작스러운 유리의 연락을 받고 반가움과 함께 분주한 마음이 되었다. 왠지 모르게 초조해하다 십오 분 거리의 자취방으로 달려가 옷을 갈아입었던 기억이 난다. 목이 늘어진 티셔츠가 그날따라 유난히 초라해 보여서. 시끌벅적한 막걸리집에 끼여 앉아 우리가 주고받은 이야기 같은 건 다 잊었다. 다만 낙서로 가득한 벽에 기대앉은 그 애의 구부정한 자세나 깔깔거리며 웃다 금세 침울함에 잠기던 표정 같은 것만 드문드문 떠오른다. 술집 밖으로 나가 한참 통화를 하고 와서는 "나 오늘 언니랑 같이 자고 갈래요" 그랬던 것도 같은데, "그래라" 하고 속 시원히 대답하지 못했던 일. 이유 모를 초조함이 좀체 가시지 않았다. 잠깐의 정적 끝에 "아니 아니 우선은……" 습관처럼 덧붙던 그 애의 말. 후에 얼마간 더 웃다 천천히 몸을 일으켜 술집을 나서던 유리. 택시를 잡으려 대로변에 함께 서 있던 그 밤의 아릿한 공기. 여름이었는데 한기가 돌아 몸을 잔뜩 움츠렸던 일. 그런 게 전부다.

유리를 보내고 혼자 터벅터벅 걸어 자취방으로 돌아가면서는 "그래, 그래, 자고 가" 말하며 호기를 부리지 않은 것을 다행으로 여겼다. 가로등도 제대로 없는 좁다란 골목. 쓰러질 듯 버텨 선 단층주택. 삭아 덜렁이는 나무 대문. 시멘트가 덕지덕지 발린 조악한 마당. 묵은 악취가 터져 나오는 공동 화장실. 모든 게 너무 무거웠다.

그로부터 몇 개월 뒤 나는 시급이 조금 더 나

은 다른 아르바이트를 구했고, 유리와 함께하던 매장 일을 그만두었다. 자연히 유리와의 연락도 뜸해졌는데⋯⋯ 그 무렵 우리는 모두 바빴으니까. 한동안은 연말연시나 명절에 안부 메시지를 보내오곤 했던 유리. 나는 그저 틀에 박힌 짤막한 인사로 응답했던 것 같다. 그에게서 온 마지막 연락은 카카오톡 게임 초대 메시지였다. 게임 아이템을 받기 위해 지인에게 초대 메시지를 보내는 이들이 더러 있던 무렵이었다. 유리가 게임을 좋아하는구나. 의외네. 그냥 그러고 말았던 기억. 그 메시지가 있던 어느 새벽을 끝으로 소식은 완전히 끊어졌다. 그사이 간간이 몇 통의 전화가 걸려오기도 했을 것이다. 여지 없이 늦은 시각이었고, 그것은 끝내 '부재중'으로 남았을 것이다. 어떻게 지내냐고 먼저 연락해 안부를 물을 만큼 살가운 성격이 못 되는 나는 그만 그렇게 당연하다는 듯 멀어졌다.

한참이 지난 뒤에야 알게 되었다. 그의 본명이 '유현'이라는 걸. (어쩌면 '유연'이나 '유원'일지도. 혹은⋯⋯) 가게에서 함께 일한 다른 아르바이트생을 통해 들었던가. "유리와 유현, 둘 다 참 예쁜 이름이 네" 하고 말았지만 그 사이에는 어떤 가볍지 않은 사연이 숨어 있었을 것이다. 내가 끝내 알 수 없었 던 이야기.

문득 사전에 유현을 검색해본다. 대여섯 개 정도의 낱말이 잇따라 나온다. 깊고 그윽하며 미묘 하다는 뜻의 유현幽玄. 향비파의 다섯 번째 줄 이름 유현遊絃. 사람의 눈에 띄지 않는 곳과 눈에 띄는 곳, 저승과 이승을 아울러 이르는 말 유현幽顯. 초야에 묻혀 사는 어질고 총명한 사람 유현遺賢. 세상에 여 러 유리가 있듯 여러 유현이 있구나. 그 뜻이 하나 같이 각별하게도, 의미심장하게도 다가온다. "언 제부터인지 몰라도 보고 싶은 사람이 떠오르면 사 전을 열어 그 이름의 뜻을 찾아보는 습관이 생겼 지" 하면 그 애는 곧장 "언니도 참, 은근 엉뚱하다 니까" 하고 웃으며 다가와 팔짱을 낄 것 같다.

이제 유리, 라고 하면 나는 드넓은 창과 그것 을 하염없이 바라보는 뒷모습이 떠오른다. 그는 누구일까. 뒤를 돌아보지 않으므로 누구인지는 알 수 없다. 영영 알 수 없는 채로 나는 그 뒷모습을 바라보는 또 다른 뒷모습이 되고, 뒷모습의 뒷모습이 되고…….

　지금 나는 창이 큰 집에 살고 있다. 혼자만의 세간으로도 꽉 찬 비좁은 집에 어울리지도 않게 큰 창. 거실 한 면이 창으로 된 이 집으로 이사를 온 8년 전, 창 때문에 나는 한동안 당혹스러웠다. 이런 창을 가져도 되는 걸까. 반지하와 옥탑과 구식 원룸을 전전해온 내가 이렇게 환한 곳에. 의아한 생각이 들어서 한동안 집에 낯을 가렸다. 집이 드리운 환한 풍경에. 그러다 그것을 두꺼운 나무 블라인드로 촘촘히 메워버렸다.

　가끔은 거실에 앉아 블라인드 좁은 틈으로 창밖을 바라보기도 한다. 그러다 결국 창을, 유리를. 유리를 물끄러미 바라보면 유리는 그 자체로 다소간 외로워 보인다. 저토록 복잡한 풍경을 다 둘러멘 창은 어떻게 버티는 걸까 염려스러울 때가 있다. 밑도 끝도 없는 생각. 이런 생각들을 잇다 보

면 내 앞에 선 창이 꼭 사람 같게도 느껴진다. 쉬고
싶다고, 이제는 유리를 그만두고 싶다고, 애원하는
소리가 들리는 것도 같다. 하지만 아니겠지. 내가
보는 것은 유리가 아니다. 유리에 비친 나일 뿐. 때
는 언제나 밤이고, 어둠이 겹겹한 창에는 내가 너
무 선연한 것. 유리에 비친 나의 얼굴, 어두울수록
또렷해지는 얼굴. 깨져버릴까 전전긍긍하는 건 유
리가 아니라 나다. 바로 나, 나라는 유리.

유리는 유리를 부수고 싶지 않다.

한 번쯤 유리에 대한 시를 쓰고 싶었다. 여러
번 시도했으나 매번 실패하고 말았다. 쉽게 부서져
버리고 말았다. 부수고 말았다. 그러면 안 된다. 그
럴 수는 없다.

아무도 유리를 알지 못한다 아무도 보지 못
한다
누구였을까 너는
누구였을까 나는

누군가 유리를 향해 손을 가져다 댈 때, 유리
는 이미 거기 없었다

아직, 부서진 채 떠돌고만 있는 메모의 파편.

사랑하는 악몽

명진관明進館. 돌로 축조된 오래된 건물. 대학 시절 나는 주로 이 건물 강의실에서 수업을 들었다. 크고 둔탁한 돌계단을 정신없이 오르내리다 보니 4년이라는 시간이 절로 흘렀었는데. 시를 공부한 곳, 이렇게 말해도 좋을까. 이름의 뜻과는 달리 사시사철 그늘이 사라지지 않았던 곳. 나는 이 빌딩이 꼭 냉담한 누군가를 닮았다고 생각해왔다. 얼핏 보기에도 그는 차갑고 무심해서 자주 등을 보이고 나를 혼자 세워둔 채 저만치 앞질러 걸어간다. 멀어진다. 아무리 불러도, 같이 가요, 소리를 질러도 아랑곳하지 않는 사람. 그 뒷모습에서 눈을 뗄 수가 없어. 대체 왜? 아마도 나는 그를 좋아하고 있는가 보다. 사랑하고 있는가 보다.

그가 복도 끝 작은 점으로 사라지고 나면 다시 짙은 어둠만이 남는다. 나는 미동도 없이 서 있다. 아, 지금은 꿈속이고, 꿈에서도 꿈이라는 걸 아는 그런 꿈속이다. 나는 혼자 있다. 주위는 어둡고 음산한 기운이 감도는 복도를 다시 천천히 걷고 있다. 어둠 탓에 창밖의 풍경마저 지워진 채다. 사람들도 보이지 않는다. 그런데 소리가······. 어디선가 조그맣게 들리는 웃음소리. 몇몇이 모여 소곤거리는 소리. 가만히 듣다 보면 울음소리 같기도 한. 상처 입은. 기괴한. 나는 겁에 질려서 그만 걸음을 멈춘다. 멈춘 뒤에는 좀처럼 걸음을 떼지 못한다. 한참을 한 자리에 서 있다. 어둠이 걷히기를 기다리며 눈을 반복적으로 감았다 뜰 뿐.

불쑥 어떤 손이 튀어나와 나를 낚아챌 것 같은, 돌처럼 굳은 몸을 그대로 질질 끌고 갈 것 같은 공포. B급 영화를 너무 많이 봤나? 검은 도포를

걸치고 갓을 쓴 재래식 저승사자가 "가자, 이제 때가 됐다" 그러면 나는 울면서 비는 것이다. "안 돼요, 안 돼요, 저는 여기 남아 시를 써야 해요" 우스운 소리를 한다. 잠꼬대라는 걸 아는 그런 잠꼬대. 어둠 속에서 나는 마구 허우적거린다. 그래도 꿈은 깨지 않고, 나는 우습다가 초라하다가 점점 가여워진다.

스무 살이니까. 스스로가 너무 형편없어서 자주 절망하고 자주 아파하는 게 스무 살의 직업이니까. 무엇이든 누구든 내 마음을 좀 붙들어주었으면 했던 것 같다. 그럴 때 하필 시를 알아서, 안다고 착각해서 자꾸 욕심을 부렸다. 사랑받고 싶다고. 그 사랑은 나를 밀어내고, 나는 고꾸라지고, 실패하고, 좌절했다. 대상이 불분명한 질투와 열망에 거푸 시달렸다. 뭐가 그렇게 간절했을까. 불안했을까. 알 수 없지만, 모든 게 미지로 가득한, 그래서 텅 빈 그 시간과 공간을 나는 견딜 수 없었다.

어제는 "네 시에는 ▲▲가 없어" 하는 말을

들었는데, 오늘은 "네 시에는 ◆◆가 너무 많다" 하는 말을 듣는 것. 나는 의아했다. 아니 실은 조금도 의아하지 않아서, 너무 쉽게 납득이 되어버리는 바람에 슬펐다. 내가 쓴 것이 시가 맞나, 자주 의심하면서. 의심하는 나 자신을 의심하면서. 그때는 스무 살.

나를 거들떠보지도 않는 시간이 멋대로 잘도 흐르는 동안 나는 언제나처럼 명진관 그늘진 복도를 오갔다. 그늘이 반쯤 삼켜버린 그림자는 여느 때처럼 볼품없었다. 자의 반 타의 반으로 얼마간 휴학을 했고 이후 어렵게 복학을 했다. 돌아오지 않아도 좋았을 것이다. 하지만, 하지만 너무 깊이 좋아했기 때문에, 라고 한다면 그 또한 얼마나 우스운지. 오글거리는지. 그사이 나는 가장이 되었고, 지나친 아르바이트로 몸과 마음이 부서질 듯 아팠는데……. 그 맹목적인 사랑이 아니었다면, 그마저 없었다면 나는 견디지 못했을 것이다. 견디기 위해 하는 수 없이 사랑이라는 과장된 마음을 택했다고 하는 편이 어쩌면 옳을 것이다.

그 무렵 내 사랑에는 이상한 분노가 스몄다.

　부르주아 냄새가 나는 노교수의 뒤를 따라
　옆구리에 시론을 낀 학생들 차례로 쓸려 나
가면
　빈 강의실은 조심스런 숙제처럼 남겨진다
　무심한 바람이 닫힌 문을 할퀴고
　그 할퀴어진 자리가 아프게 시리다

　막 복학한 스물세 살 어느 날, 이렇게 시작되
는 시를 썼다. "여기 이 교수, 누구야?" 물으며 전에
없이 눈을 반짝이던 동기들의 얼굴. 말갛고 순한 호
기심. 나는 쑥스럽다는 듯, 난처하다는 듯 멋쩍은
웃음으로 답을 미루었지만 애들아, 그건 수줍음 같
은 게 아니었단다. 도무지 들킬 수가 없었던 거지.
내 속에 징그럽게 움트는 어떤 살기를. 어디를 겨누
는지도 모르고 잔뜩 성이 나서 막무가내로 벼려진
한 자루 연필 같은 것. 쉽게 뭉그러지고 말 그런 것.
　창작 수업이 끝난 강의실에 혼자 남아 창밖

을 내다보면, 잎을 떨군 나무들이 야윈 팔을 간신히 들어 올려 허공을 쓸고 있었다. 나는 당장이라도 창을 열고 손을 뻗어 그 가느다란 가지를 모조리 꺾고 싶었다. 하필 가을이었다.

어둑해진 창밖 수척한 은행 한 그루
물끄러미 내 눈을 들여다본다
웅크린 가지나 살갗을 드러낸 뿌리가
아주 사소한 듯 흔들리다가
문득 그 아래
습작처럼 구겨진 이파리를 줍고 싶다

도망치듯 졸업했고, 시는 쓰지 못했다. 몇 년이 지나 다시 시를 쓰려 했을 때, 나도 모르는 사이, 나는 명진관 그늘진 복도를 걷고 있었다. 여전하구나. 이 그늘, 이 냉담. 신기한 일이지. 무엇이 나를 이곳으로 데려왔을까. 아무도 부르지 않는 곳으로 나는 잘도 걸어왔구나. 달려왔구나.

깊이 좋아하는 마음을 품고서.

강의실 문을 열면 아무도 없다. 여전히, 나는 빈자리에 혼자 앉아 있다. 누군가를 기다리는 사람처럼. 오지 않을 사람을. 그 사람은 차갑고 무심해서 자주 등을 보이고, 나를 버려둔 채 저만치 앞질러 멀어진 사람. 그럼에도 기다림을 멈출 수 없고. 남겨진 나는 어디에도 꺼내놓지 못한 무용한 마음을 머뭇대며 꺼내 보인다. 다만 여기에. 대꾸도 없이 총총히 사라져가는 단호한 등 뒤에. 지금은 꿈속일까, 아닐까, 그런 것 따위 더는 상관없나? 꿈이라는 걸 알아도 굳이 벗어나지 않는, 깨지 않는 그런 꿈속. 내가 만든 나의 꿈. 그늘진 나의 사랑. 깰 때마다 나는 아무렇지 않게 다시 잠든다.

　　지친 표정으로 서툰 꿈 근처를 기웃거리던 어느 해 어느 날, 나는 문득 한 통의 편지를 받게 된다.

　　○○에게, 너는 이제 스물세 살이고, 막 시라는 걸 사랑하기 시작했다. 사랑, 그런 게 뭔지 제대로 알지도 못한 채로. 그래, 어쩌면 그래서 사랑이

겠지만.

　주체할 수 없는 사랑 때문에 너는 자주 요동한다. 창작 수업에서 혹평을 들을 때면 금세 의기소침해져서 땅만 보며 걷는다. 이따금 칭찬 섞인 평을 들을 때도 마찬가지, 너는 그것이 속임수처럼 느껴진다. 너의 재능은 한없이 약하고 겨우 그것으로는 닿을 수 없는 시의 완고한 세계가 있다는 것을 어렴풋이 감지하고는 내내 안절부절하지 못한다.

　졸업을 하면 이제 시를 떠날지도 모른다고 생각한다. 너는 시를 붙들 힘이 없다. 너는 직장인이 되겠지. 그러면 더는 아르바이트를 하지 않아도 되겠구나. 몇 백 원 단위로 시급을 계산하며 종종거리던 생활을 그만둘 수도 있겠지. 조금쯤 덜 고단해질 수도. 그럴까? 알 수 없다. 알 수 없지. 모든 게 그렇다.

　저녁 아르바이트가 없던 어제, 너는 야간 수업을 듣고 일부러 밤의 빈 교정을 한 바퀴 돌았다. 빛과 어둠, 소요와 고요가 적절히 섞인 그 시간 그곳이 너를 괜스레 안도하게 했다. 낡은 가로등이

내어준 길을 따라 후문을 나서면 내리막으로 이어지는 좁은 골목. 그곳을 천천히 천천히 걸었다. 늘 어선 술집 안팎에서 마구 흥성이는 활기를 좀 구경하려고. 우연인 듯 누군가와 마주치면 좋겠다고 생각하면서. 너는 아직 사람을 좋아하고, 놀랍게도, 그로 인해 상처받곤 한다. 진심은 원래 전해지지 않는 것이라는 사실을 알아채지 못하고 전전긍긍하곤 한다.

자주 시 때문에 울고, 사람 때문에 아파한다. 지금의 너는 알아채지 못하겠지만, 네 안은 세상에 대한 호감과 호의로 가득 차 있다. "아, 되는 일이 하나도 없네." 푸념하는 속에도 어떤 생기가 깃들어 있는 것은 그 덕분일 테지.

너는 알 수 없다. 내년이면 너는 말도 안 되는 끔찍한 일을 겪게 된다. 한 사람의 죽음과 함께 소중한 모든 것을 잃게 된다. 지금의 너는 조금도 상상하지 못할 것이다. 그 고통을. 죽음이라는, 엄청난 재앙을. 너의 삶은 송두리째 흔들려서, 너는 더 이상 이전의 너로 돌아갈 수 없다. 너는 지극한 혼자가 되고 만다. 마침내, 고아가 되고 만다.

너는 자주 달려간다. 다름 아닌 죽음의 공원으로, 거기 누운 한 사람에게로.

중요한 것은 여기 이런 게 아니라고 생각하게 된다. 시도, 사람도. 잔뜩 애가 타서 뒤채다가도 금세 식어버리는 마음에 너는 익숙해진다. 중요한 건 이런 게 아니지, 아니지, 읊조리면서 생각에 잠긴다. 그렇다면 뭐지? 중요한 건 대체 뭐야?

그런 건 세상에 없다, 단념한다. 모든 게 아득히 멀고, 그 모든 게 네 것이 아님을 알게 된다. 체념만을 곁에 두게 된다. 더 이상 아무도 너를 상처 입힐 수 없게 된다. 사랑할 수 없게 된다. 너 자신조차도. 그러므로 너는 자유. 못난 자유. 너를 둘러싸던 모두가 아무것도 아닌 게 된다. 시도, 사람도, 그 무엇도 너를 어쩌지 못한다. 아직, 살아 있는 너를.

너는 그냥 아무것도 아닌 채로, 간신히 너인 채로 있는 것. 쓰는 것. 다만 쓸 수 있는 것을 조금 쓸 수 있을 때까지.

너는 자유.

너는 이제 스물세 살이고, 막 시라는 걸 사랑하기 시작했다. 그렇지만 그 사랑도 결국 눈을 감겠지. 세상 모든 것이 그러하듯. 이 사실을 이해하기 위해 꽤 긴 시간이 필요하겠지만, 실은 그리 긴 시간도 아니다. 슬픈 일도 기쁜 일도 아니다.

스물세 살, 아직 고아가 아니고, 사랑 때문에, 단지 사랑 때문에 울 수 있는 바로 이 시간을 훗날의 너는 이따금 그리워하게 된다.

암순응

캄캄한 방에 누워 마침내

빛을
믿는다

잘 자, 그 마지막 말을

잘 자,
또 잘 자

후경

사랑을 생각하면 하나의 빌딩이 떠오른다. 유리로 된 매끄러운 벽면과 거기 쨍하게 부딪는 햇살, 춤추듯 움직이는 회전문과 그 앞 늘어선 몇 그루 플라타너스, 판판히 깔린 미색 보도블록. 내 사랑이 머문 곳. 그곳 흥성이던 소리와 냄새가 잇따라 떠오른다.

사랑은 으레 기다림을 동반하는 일이라 생각해왔다. 나는 이따금 사랑하는 이가 일하던 ○○ 빌딩 근처 카페로 가 그를 기다렸는데, 야근을 마친 그는 서둘러 회사 정문을 빠져나와 뛰듯이 걸어 내게로 다가오곤 했다. 많이 기다렸지? 미안한 기색을 담아 조금은 과장된 제스처로 숨을 몰아쉬던 그를 보고 있자면, 어쩐지 하루치 숙제를 잘 끝낸 것 같은 말끔한 기분이 되었다. 별 이유도 없이 시시로 웃던 우리는 갑자기 허기가 져서 "뭐 먹지? 뭐 먹으러 가지?" 하며 서로의 손을 붙잡고 어둠 속 어딘가 있을 따스한 곳으로 함께 천천히 걸어갔다.

그는 몰랐겠지만 나는 기다리는 일에 소질이 있는 편이다. 누군가를 기다리며 커피를 마시거나 책을 읽거나 가만히 창밖을 내다보는 일을 나는 좋아했다. 카페 넓은 창 너머 그가 있는 빌딩이 오롯이 서 있는 것을 보면 왠지 안심이 되어 평온한 상념에 젖곤 했다. 지금 저 16층 어딘가 그가 있겠구나. 푸른 빛을 띠는 창문 가까이 서서 밖을 내다보고 있거나 각종 서류가 층층이 쌓인 자리에 묵묵히 앉아 있거나. 모니터에 워드나 엑셀을 띄워두고 무언가 열심히 작성하고 있거나. 보고서? 회의록? 상사의 눈을 피해 잠시 딴짓을 하거나.

나는 알지 못하는.

그 건물이 정면으로 바라다보이는 프랜차이즈 카페에 앉아 나는 무수히 보았다. 누군가를 기다리며 문 쪽을 흘끔거리는 사람. 휴대폰을 붙잡고 놓지 않는 사람. 잡지를 뒤적이는 사람. 이어폰으로 귀를 틀어막은 채 노트북을 들여다보는 사람. 노트북 앞에서 미간을 잔뜩 찌푸리는 사람. 그런 사람들 사이 끼여 앉아 나 또한 무언가 끄적이곤 했다. 시를 쓰곤 했다. 그에 대한 시를 쓰고 싶어서, '그는……'이라고 시작하면 너무 많은 생각이 한꺼번에 몰려와 결국 아무것도 쓰지 못했다.

쓰지 못했다. 그런 것이야말로 어쩔 수 없는 사랑의 증상이라고 나는 믿었다.

카페에 난 네모반듯한 창, 그 창이 시시각각 드리우는 삶의 풍경으로 인해 내 사랑은 지극한 구상具象이었다. 빌딩 아래 넘실대는 갖가지 풍경들이 하나같이 사랑을 지시하고 있었다. 구두끈

이 풀린 채로 어딘가를 향해 내쳐 달리거나, 얼음이 잔뜩 든 커피 하나를 둘이 나눠 마시거나, 깔깔거리다 그것을 그만 쏟아버리거나. 홀린 듯 한눈을 팔며 걷다 주차금지 라바콘에 부딪혀 절뚝이거나. 모든 표정 모든 자세가 사랑을 닮아 있었다. 하나같이 선명해서 그 무렵 나는 사랑이라는 난해를 능히 보고 듣고 만질 수 있었다. 때로 폐부 깊숙이 들이마시고, 입 안에 넣어 이리저리 굴릴 수 있었다. 혀로 천천히 녹이다 보면 잘 우려 달착지근한 재스민 티 맛이 났는데, 때문에 나도 모르게 혼잣말하듯 자꾸만 입술을 달싹이게 되었다.

나를 흔들었던 하나의 창.

창이란 오래 바라보면 생각지도 못한 장면을 드리우기도, 생각지도 못한 곳으로 나를 데려가기도 하는 법인지. 지금 그 창을 떠올리면 나는 금세 스산한 바람 소리를 듣고 옅은 바다 냄새를 맡는다. '바다에서 불어오는 바람Wind from the Sea' 같은……. 그러니까 앤드류 와이어스Andrew Wyeth의 그림을 꼭 닮은 창이라고 멋대로 생각해버렸기 때문

에. 흰빛의 레이스 커튼이 보드랍게 휘날리며 코
끝을 간질이는 풍경 앞에 나는 오래도록 앉아 있
었다. 나도 모르는 사이, 나는 너무 먼 곳에 가 있었
다. 혼자 먼 곳을 떠돌며 이상한 꿈을 꾸었다.

더 굳센 기다림을 위해.

언젠가 나는 예의 창문 이편이 아니라 저편,
바깥에서 그를 기다린 적이 있다. 무슨 일인지 몰
라도 나는 조금 화가 나 있었고, 그런 나를 달래려
내가 머물던 카페로 다급히 들어서던 그의 모습
을 나는 카페 담장 모서리에 몸을 감추고 서서 가
만히 지켜보았다. 조금은 장난스러운 눈빛을 하고.
평소답지 않게 허둥대는 그를. 다급히 발을 놀리던
그가 조그만 돌부리에 걸려 넘어질 듯 휘청이는
것을. 그 모습을 보며 나는 어느새 화가 풀려 피식
웃고 말았지만…… 불현듯 예감할 수 있었다. 추억
이 되겠구나. 이 장면 또한 빛이 바랜 채로 오래도
록 남겠구나. 그런 건 좀 무서운 일인데.

그때 우리는 어떤 이야기를 나누었나?

기억나지 않는다.

우리는 헤어진다. 여느 연인과 마찬가지로. 너무 시시해서 이유조차 떠올릴 수 없다, 라고 한다면 기분이 조금 상하겠지. 나도, 그도. 새삼 황당하겠지. 고작 그런 게 사랑이라고? 의아하겠지. 사랑, 그래 이건 인간의 사랑이니까. 인간이 하는 사랑은 너무 허술하고, 인간이 하는 여느 일이 그렇듯, 그것을 정연히 해설하고 해결해내는 데에는 너무 많은 노력이 필요해서 오래지 않아 포기하게 된다. 지치게 된다. 사랑, 사랑이라니. 결국 사랑이라는 난해를 보지도 듣지도 만지지도 못한 채로, 오만했던 시간을 누군가에게 들킬까 재빨리 문질러 지운 채로 나는 그저 멍하니 멀어졌을 따름이다.

헤어진 후에도 빌딩은 굳건했다. 때문에 하마터면 우리의 관계가 허물어졌다는 걸 알아차리지 못할 뻔했다. 얼마 지나지 않아 직장을 옮긴 그가 더는 거기 없다는 걸 알면서도, 나는 그와 함께 자연히 그 빌딩을 떠올렸다. 내 마음은 그가 여전히 거기 있다고 일러주었다. 바로 그 크고 단단한 세계에. 사랑한 모습 그대로. 굳건히 선 빌딩, 그 하나만이 우리가 나누었을 시간의 증거가 되어주었다.

결국 우리는 너무 쉽게 무너졌지만.

그곳 거리를 물끄러미 돌아다보면 내가 한 사랑의 풍경이 고스란하고. 혼자서 간 카페, 혼자서 간 식당, 혼자서 간 편의점, 혼자서 간 서점 들이 즐비하고……. 그제야 알아차린다. 그 거리에 가로수가 새잎으로 단장하는 것을 그보다 먼저 내가 보았고, 새로 생긴 카페의 커피를 그보다 내가 먼저 맛보았다는 것. 그곳 좁은 골목골목을 내가 더 많이 걸었다는 것. 좋아했다는 것.

사랑의 감각이 빼곡히 깃든 거리. 실은 나는 한 사람을 넘어 한 공간을 사랑했던 게 아닐까. 하나의 빌딩을 올려다보던 그 시간을. 그 기다림을. 그 묵묵한 풍경을. 그때 우리가 나누었던 웃음과 울음이 아니라, 날 선 눈빛으로 주고받은 마지막 인사가 아니라. 이렇게 말하면 그는, 말도 안 돼, 허탈한 표정을 짓겠지만 그 사람 뒤로 우뚝 선 빌딩만은 말없이 고개를 끄덕여줄 것이다.

우리의 마지막 순간도 다름 아닌 그 거리에 남았다. 울음을 참으며 걷던 밤, 나는 여러 번 멈춰 섰고 그때의 발자국마저 거리의 잿빛 보도블록 위에 고스란히 찍혔을 것이다. 커다란 소음과 함께 청소차 한 대가 나를 앞질러 지나갔다. 밤에서 새벽으로 여느 때와 같이 시간은 흐르고 분주한 노동의 동작이 이어졌다. 그리고 냄새, 콧속에 스미는 맹기…… 청소차가 지나갔지만 거리는 여전히 너저분하고, 나는 잔뜩 얼룩이 진 채였다. 뒤를 돌아볼 수 없었다. 한 번쯤 뒤를 돌아보고도 싶었는데. 어쩌면 아주 멀지 않은 곳에 익숙한 누군가 여전히 서서 나를 바라보고 있을 것도 같았는데. 나는 끝내 돌아보지 않았다. 다만 앞을 향해 걸었다. 조금씩 조금씩. 좀처럼 작아지지 않고 지워지지 않는 그 빌딩 쪽으로 돌아서 금방이라도 나는 달려갈 것 같았다.

붕괴, 그리고

이렇게 써도 될까? 앞서 쓴 글 「'나'라는 옥상」을 두고 나는 약간의 근심에 휩싸였다. 바로 이 부분.

내가 가진 이상한 습관 중 하나는 수시로 트위터에 '지진'을 검색하는 일이다. 지각의 흔들림이라고까지 하긴 뭐 하지만 제법 자주 심한 진동을 느끼기 때문인데……. 내가 사는 빌라가 금세 무너질 듯 흔들린다. 땅바닥이 쑥 꺼질 것만 같다. 이역시 병 때문일까. 다행히 증상은 오래 지속되지 않는다. 이따금 이런 식으로 잠에서 깰 때면 황급히 베개 옆 휴대폰을 찾아 '지진'을 검색한다. 기상청에서 운영하는 트위터 계정인 '기상청 지진화산정보서비스'에 들어가면 인근에서 발생한 지진 소식을 빠르게 접할 수 있다. 실제로 몇 분 전, 몇 초전 북한에서, 일본에서, 필리핀이나 인도네시아에서 지진이 있었다는 소식이 뜨기도 한다. 내가 진짜 그 먼 곳으로부터의 여진을 감지하기라도 한건지. 동물적인 초감각을 발휘하기라도 한 건지. 알 수 없지만 기상청의 지진 소식을 확인하고 나면 내가 느낀 진동이 아주 터무니없는 건 아닐지도 모른다는 생각이 든다. 그러면서 나도 모르게 조금 안도하게 된다. *(이런 안도 또한 어쩌지 못하는 저의 위태로움이겠지요.)*

　　이 부분을 쓰고 난 뒤 나는 며칠간 속으로 궁금했다. "기상청의 지진 소식을 확인하고 나면 내가 느낀 진동이 아주 터무니없는 건 아닐지도 모른다는 생각"에 "나도 모르게 조금 안도하게 된다"라고 한 부분. 안도, 안도라니. 재난을 두고 '안도'라는 말을 붙이다니. 뒤이은 괄호 속에 어설픈 변명을 더하고 난 뒤에도 근심은 좀체 사그라지지 않았다. 하지만 어떻게? 근심하면서도 나는 다른 방도를 몰랐다. 내 상황이며 심정을 있는 그대로 이야기하자면 이 같은 내용을 피할 수 없었던 것이다.

걱정스러운 마음에 주변에 자문을 구했다. 시나리오를 쓰는 친구 ㅇ은 "글쎄, 뭐가 문제지? 나는 잘 모르겠는걸. 편집자와 상의해보는 게 어때?" 말했다. 동료 시인 ㅊ은 "언니, 걱정 말아요. 전혀 그렇게 읽히지 않아요" 안심시켰다. 좀처럼 근심을 거둘 수 없는 채로 고개를 갸웃거리며 시간을 축내다 그럭저럭 신경증을 잠재울 수 있었는데……. 얼마 후 보란 듯 당도한 소식은 나를 크게 당황시켰다. 튀르키예·시리아 대규모 지진 발생. 속보였다. 아직 겨울이 한창인 2월 초의 일.

규모 7.8의 대지진. 튀르키예 남동부에 위치한 도시 가지안테프에서의 첫 지진 후 다수의 여진이 발생하며 시리아 북부 국경지대에 이르기까지 큰 타격을 입었다는 보도가 몇 날 며칠 이어졌다. 거대한 건물이 잇달아 무너져 한순간 잿더미로 변하는 광경은 끔찍했다. 극장에서 본 블록버스터 영화라면 분명 "CG가 퍽 훌륭하군" 평할 수 있을지도 모를, 도무지 현실이라고는 믿기지 않는 참혹한 광경이었다. 포털 사이트 메인에는 무너진 건물 잔해에 깔려 숨진 딸의 손을 놓지 못하는 한 젊은 아버지의 구슬픈 얼굴이 오래 머물렀다. (결국 5만 명 이상의 사망자가 발생.) 미간은 잔뜩 찌그러지고 심장은 세차게 요동쳤다. 내가 쓴 문장을 떠올렸다. 현실의 끔찍함에 이어 나는 나 자신의 끔찍함으로 재차 소스라쳤다.

폐허가 된 이국의 잿빛 풍경. 그곳 사람들의 핏발 선 눈. 절망과 원망이 뒤섞인 얼굴. 불현듯 아찔하게 덮쳐온 죄의식으로부터 나는 도망칠 수 없었다. 얼마나 형편없는 글을 내가 썼나. 지진이 아니라 해도, 행여 이와 비슷한 사고를 겪은 혹자가 내 글로 인해 말할 수 없는 상처를 입었다고 생각하면 머릿속은 더욱 복잡해졌다. '이것 좀 봐, 이 사람이 뭐라고 썼는지 좀 보라고. 어쩜, 시인이란 작자가!' 시인이란 뭔가? 어떤 이가 시인인가? 알 수 없지만 (불행인지 다행인지 나는 아직 시인이라는 자의식을 완전히 탑재하지 못했지만) 이런 식의 비난은 어쩔 수 없이 아프다.

　나는 두려워졌다. 쓰는 일이. 나를 드러내는 일이. 솔직함을 빙자해 드러낸 나의 위태로움. 나의 균열. 금방이라도 무너져 무고한 이들을 마구 해치고 나 자신을 다치게 할 나의 쓰기. 불쑥 고백하자면, 글을 쓰는 나는 조금도 건강하지 않다. 나의 내면은 자주 비틀댄다. 합리적이라고도, 윤리적이라고도 도무지 할 수가 없다. 이런 주제에 나는 쓰는 일을 지속하며, 그 과정에서 자주 무언가를, 누군가를 '사유화私有化'한다. 함부로 감정을 이입하고 내 식대로 해석한다. 마구 가져다 써버린다. 그것이 빚는 사태란, 결코 간단치 않다는 생각.

　어떻게 써야 할까. 조심하고 또 조심하며? 수시로 검열하며? 윤리적으로 타당하다고 판단되는 이야기만을 고르고 골라? 이런 것이 능사일까. (그렇다면 이는 이대로 또 무서운데.) 애당초 이런 문학은, 예술은 가능한 것일까. 쓰는 이의 주관적 인식이나 의식을 완전히 탈피한 어떤 것? 불행히도, 그럴 수 있다고 나는 믿지 않는다. 테드 휴즈가 『Poetry in the Making』(1978)에 적었듯, 문학을 하는 "우리는 사진을 원하는 것이 아니라 정확하게 들어맞는 음악이 수반된 감각막을 원하는 것"이므로. 인간 중심의 통념으로 세계를 명명함으로써 진실이 왜곡되는 것을 거부한, "있는 그대로"를 주창한 문학사 속 저 유수의 시인들이 물론 건재하지만, 그 태도의 염결성에 대해 내가 가지는 존경심과는 별개로, 그것은 실현 불가능한 인간의 지극히 인간적인 꿈이 아닐까 생각해왔다.

아, 쓰기란 얼마나 무서운 일인지. 무서워서 한 줄도 쓸 수 없다고 생각하면서, 이 자체가 터무니없는 비극이라고 머리를 쥐어뜯으면서, 다음 날 또다시, 어김없이 노트북 앞에 앉는 것.

정말이지 끔찍하지 않을 리가.

2015년 첫 시집을 낼 때도 그랬다. 편집 막바지에 이르러 나는 내가 쓴 시 한 편을 두고 고민에 빠졌다.

폐수종의 애인을 사랑했네 중대병원 중환자실에서 용산우체국까지 대설주의보가 발효된 한강로 거리를 쿨럭이며 걸었네 재개발지구 언저리 함부로 사생된 먼지처럼 풀풀한 걸음을 옮길 때마다 도시의 몸 구석구석에선 고질의 수포음이 새어 나왔네 엑스선이 짙게 드리워진 마천루 사이 위태롭게 선 담벼락들은 저마다 붉은 객담을 쏟아내고 그 아래 무거운 날개를 들썩이던 익명의 새들은 남김없이 철거되었네 핏기 없는 몇 그루 은행나무만이 간신히 버텨 서 있었네 지난 계절 채 여물지 못한 은행알들이 대진여관 냉골에 앉아 깔깔거리던 우리의 얼굴들이 보도블록 위로 황망히 으깨어져갔네

「용산을 추억함」이라는 시의 일부. 2009년

용산 참사로부터 촉발된 이 시는 여러 면에서 내게 특별하다.

　참사가 발생한 2009년을 전후해 나는 몇 년간 용산에 위치한 직장에서 근무했는데, 그 때문에 그곳 분위기를 다소간 생생하게 접할 수 있었다. 아픈 풍경은 어째서인지 내 안에 움츠린 또 다른 아픔을 불러냈고, 용산은 그렇게 '사적인 공간'이 되어버렸다. 이 시는 분명 그때 그 용산에 대한 이야기이지만 용산에 대한 이야기가 아니기도 하다. 나는 이 부분이 늘 불편했다. 너무 쉽게 용산을 사유화했고, 비극을 지나치게 낭만적으로 노래한 것이 죄스럽게 여겨졌다. 그래서 이 시를 시집에 싣지 말아야겠다고 생각했다. 편집 막바지까지 고민한 기억이 난다. 늦은 밤 전화기를 붙들고 해설을 쓴 ㄴ 평론가께 토로하듯 사정을 이야기한 적이 있다. 공교롭게도 시집 해설의 주요 부분이 이 시를 다루고 있었고, 나는 해설을 수정해줄 수 있는지 어려운 부탁을 하고 있었던 것이다. ㄴ 평론가는 물론 내내 너그럽게 받아주었지만 속으로는 제법 난감하지 않았을까.

　　일련의 과정 끝에 시를 그대로 수록하기로 마음먹은 다음에는 제목이라도 바꾸면 어떨까 싶은 생각이 들었다. '용산'이라는 무거운 짐을 그저 회피하고 싶었던 것이다. 하지만 제목을 바꾼다고 해서 용산의 흔적을 지울 수는 없는 노릇이니까. 어쩔 수 없겠다, 반쯤 체념한 채 버젓이 제목에 용산을 달게 된 이 시는 줄곧 나를 고민스럽게 했다. 나는 그때 왜 하필 전경들이 에워싼 남일당 건물 앞에 멈춰 섰고, 또 왜 하필 그곳으로 나의 상처들을 불러 모은 것일까. 명확히 설명할 수도, 이해할 수도 없었다. 아직까지 나는 이에 얽힌 의아함과 두려움을 완전히 지우지 못했다.

　　나의 서툰 자의식이 누군가의 상처를 함부로 건드리고 그것을 누차 헤집을 수 있다는 사실. 무엇보다 이건 글이니까. 더욱이 글은 말이나 노래처럼 날아가지도 않고 그 자리 그대로 박제된 채 남아버리니까. 아, 무서워라. 비 오는 날을 좋아한다고 썼다가, 이튿날 장마로 구멍이 난 옆집 천장에서 콸콸콸 억수가 쏟아지는 광경을 목격하게 되는 식이다. 비 때문에 사람이 죽을 수도 있다는 것. 그런 적나라한 현실은 더 이상 드물지 않고…… 이렇게 말하면 혹자는 다 성장의 과정이라고 사람 좋은 위로를 건넬지도 모른다. 만물이 변화하는 것과 같이 글을 쓰는 자아도 자연히 상황에 따라 변화하고 성숙해가는 것 아니겠냐고. 맞다, 그러지 않을 도리가 없겠지, 수긍하면서도 거듭되는 황망함을 성숙이라고 혹은 진전이라고 해도 좋은 것일까 회의하게 된다. 모르겠다. 알 수 없다. 세상에는 온통 알 수 없는 것투성이. 갈수록 이런 말만 되풀이하게 되는 것이다.

앞서 한 「용산을 추억함」에 얽힌 이야기를 이후 한 문예지에서 짧게나마 언급한 적이 있다. ㄴ 평론가와 함께한 대담 지면에서였다. 내 이야기를 들은 그는 조심스럽게 다음과 같은 말을 덧붙였다. "역사를 시인의 사적인 공간으로 만드는 것에 대해 조금만 더 너그러워졌으면 좋겠습니다. 최

소한 저같이 예민하지 못하고 아둔한 사람은 그렇게 작가들에 의해 만들어진 공간이 아니면 다시 현실을 들여다보지 못할 때가 많거든요. 소란 씨는 지나치게 낭만적인 것에 대해 우려했습니다만, 작품은 시인에서 끝나는 게 아니라 반드시 독자들을 거치게 되잖아요. 그것이 어디로 증폭될지 조금은 너그러운 시선으로 봐주었으면 합니다." 고마운 조언이 아닐 수 없다. 그의 사려 깊은 이야기에 크게 안도할 수 있었던 한편, 또다시 복잡하게 다가오는 지점은 있다. 여기, "작품은 시인에서 끝나는 게 아니라 반드시 독자들을 거치게 된다"는 부분. "그것이 어디로 증폭될지" 갖은 가능성을 지닌다는 부분. 이에 대한 이런저런 생각을 이어가다 보면 고민은 점차로 더 커진다. 이는 말하자면, 작품은 필연적으로 확장되고 끝내 어떤 식의 오독誤讀을 발생시킬 수 있다는 의미로도 읽힌다. 창작자의 의도를 뛰어넘는 창작물은 기어코 생겨나고 마는 것.

오독. '잘못 읽거나 틀리게 읽음'. 사전적 의미

를 놓고 보면 단지 읽는 입장의 실수나 과실에 초점을 맞춘 듯하지만 사실 실수도 과실도 아니라는 것을 안다. 독자라면 글을 읽는 순간 으레 '창조적으로' 오독한다. 지극히 자연스러운 일인 것이다. 그러나 바로 이 사실 또한 나를 어렵게 만드는 대목 중 하나인데, 즉 오독을 이기는 문학이란 불가능에 가깝다는 얘기니까. 우리가 "사진"이 아니라 "음악이 수반된 감각막"을 원하는 한 오독은 언제 어디서나 발생할 수 있는 것이니까.

이 같은 사실은 매혹이자 동시에 두려움이다. 나는 여태껏 이 오독이 문학을 굴리는 커다란 힘 중 하나라고 믿어왔다. 특히 한 번에 여러 뜻을 지시하는 시의 함축적 성질을 시의 가장 매력적인 지점이라 역설해왔다. 시적 신비라는 것이 많은 부분 여기에서 기인한다고도 생각해왔다. 하지만 오독이 수반될 수밖에 없는 이런 과정은 때로 얼마나 위험한가. 쓰는 이와 읽는 이 모두에게 말이다. 문학이 바람직한 어떤 방향으로 오롯이 나아가, 그 바람직한 방향이란 어느 쪽인지 정확히 알 수는 없으나, 누군가를 위로하고 구원할 수 있다고 믿는 축도 있는 것 같지만 실상은 그 반대에 가까운 듯하다. 카프카가 말한 "도끼날"이 "얼어붙은 호수를 가르는" 것은 차치하고 엉뚱한 방향으로 날아가 누군가를 베지 않기만을 간절히 바라야 할 형국이다. 문학은 가늠할 수 없는 방향으로 시시각각 증폭되어 누구든 무엇이든 상처 입힐 수 있다. 상처 입히고 만다. 이것이 문학의 아픈 숙명이다.

나는 누구인가. 지금 도끼를 거머쥔 손은 어떤 것인가.

아무도 상처 입히지 않는 쓰기란, 그러므로 가능한가?

나는 아직 답을 알지 못한다. 지금 내게 아무도 상처 입히지 않는 쓰기란 그저 신기루에 가까운 듯 보인다. 아무리 애를 써도 쓰는 나는 언제든 무너지고 또 무너뜨릴 수 있다. 진심은 전해지지 않을뿐더러 너무 쉽게 훼손되고 붕괴되는 처지에 놓여 있다. 다시 말하지만, 쓰기란 얼마나 위험천

만한가. 위태롭기 짝이 없는가. 그리고 그만큼 얼마나 막강한가. 쓰는 나는 얼마나 잔혹한가. 나날이 체감하고 있다.

지금은 간신히 이 정도만을 이야기할 수 있을 뿐. 쓸 수 있을 뿐.

결국 모두 무너진다. 쓰는 이조차 그 붕괴를 피할 수 없다. 붕괴하지 않는 쓰기란, 없다. 안 된 일이지만 이토록 무서운 쓰기를 내가, 우리가 하고 있다는 사실.

재건? 만약, 아주 만약 그런 게 가능하다면, 폐허 가장자리에서 내가 다시금 일어나 절룩이며 한 삽 흙을 들어 올릴 수 있다면 먼저 이런 사실을 직시해야 하겠지. 쓰기의 무서움과 참혹함을. 그런 뒤에야 천천히 다시 무엇인가 시작할 수 있을 것이다.

more games, more

테트리스가 좋다, 도무지 끊을 수 없어, 말하면 사람들은 웃는다. 이런 단순한 게임을 좋아한다는 게, 애들처럼 아직 게임을 좋아한다는 게 웃긴 건지. 아니면 "매사 진지하기만 한 당신이랑은 퍽 어울리지 않는데요, 그 게임이란 것"이라 말하고 싶은 건지. 알 수 없지만, 테트리스가 좋다, 고백하는 나도 내가 웃기다.

테트리스가 좋다. 무언가 공들여 짓는다는 게. 하나의 높다란 집을. 차근차근 신중하게. 그리고 단숨에, 사정없이 부서진다는 게. 부서져도 다시 지을 수 있다는 게. 부서지고, 짓고, 부서지고, 짓고, 그러면서 하나의 트랙을 지난다는 게. 한세월을 보낸다는 게.

나는 늘 실패하지만, 언제든 다시 시작할 수 있고, 또다시 실패하면서, 실패를 실패하면서. 나는 어제보다 오늘 조금 더 지었고, 조금 더 견뎠고, 조금 더 썼고, 쓴 것들은 곧잘 지워져버리지만. 익숙한 자음과 모음, 철자들은 막무가내로 쏟아지고. 하는 수 없다는 듯 나는 또 쓰고, 쓰고, 쓰고.

금 간 담벼락을 메우는 낙서들. 비뚤어진 글씨들. 때로 진심보다 더 진심인 어떤 것.

무엇을 쓸 수 있을까. 어제는 한 사람의 죽음에 대해 썼고 오늘 아침에는 그가 여전히 어딘가에 살아 있을 거라는 확신과 강고한 믿음에 대해 썼는데. 말도 안 돼, 말도 안 돼. 쓰자마자 지워져버렸다. 읽기 전에 사라지는 이상한 편지. 이상한 시.

그러나 바로 그 점이 나를 안도하게 한다, 하는 진심은 차마 발설할 수 없는 것이다.

몇 시간이고 몰두하다 일어서면 현기증이 인다. 유치한 잔상에 시달린다. 시선을 가져다 대는 여기저기서 기다란 막대기가 마구 쏟아진다. 손을 뻗는다. 아아, 나 중독인가봐! 저 사랑스러운 헛것들. 고치고 또 고친다. 어떤 문장은 단지 고치기 위해 존재하는 것 같다. 참 다행이지? 이런 일이 세상에 있다는 게. 어딘가 기꺼이 몰두한다는 게. 시간은 군말 없이 흐르겠지. 우리는 바쁘게 늙겠지. 잊고 잊히겠지. 모든 게 자연스러울 것이다. 그럴 것이다.

테트리스가 좋다. 오늘도 하고 내일도 하자. 그러다 보면 내일 더 잘하겠지. 잘 짓겠지.

게임은 다시 시작된다. 여지없이 실패하겠지만, 그래도 하자.

테트리스를 하자.

사다리를 타고

새로나세탁소와 정미부동산이 있는 삼층 건물
옥상에
사람이 있다
안전모를 쓰고 토시를 낀 사람이
무언가를 뚝딱거리며 고치는 것을 응암정보도
서관 일 층 조그만 창으로 내다본다
시를 쓰며 본다

둘이었다가 하나였다가 다시 둘이었다가
사람이

기다란 선을 감았다가 풀었다가
사다리를 세웠다가 눕혔다가

망치를 번쩍 치켜든 오후, 해를 탕탕탕 두드리는

사람이
양손에 빵과 우유를 쥐고 잠시 난간에 걸터앉는
신발을 벗었다가 신었다가
벗었다가

먼 데를 올려다보면 하나같이 높은 곳
그 뒤로 조금 더 높은 곳

그을린 목을 한껏 젖힌다
금방이라도 닿을 듯 가까웠다가 죽어도, 죽어도
닿을 수 없을 듯 멀었다가

시를 쓰며 본다
사람이
사라지지 않는다

가까웠다가 멀었다가 가까웠다가

창을 열면
기다렸다는 듯 문장은 바깥으로 도망쳐버리고
잽싸게 날아가버리고
돌아오지 않는다

녹슨 사다리를 타고

나는 무엇을 보고 있는지 무엇을 쓰고 있는지

땀에 전 수건 하나가 물탱크 옆에 걸려 백지처
럼 펄럭일 때

하나였다가 둘이었다가 하나도 둘도 아니었다가

하늘은 천천히 책장을 덮는데

사람이

사라지지 않는다 끝나지 않는다

시는

돌아오지 않는다

안과 밖

     노트북을 펴고 동네 작은 도서관 창가에 앉아 있었다. 언제나 그랬듯 시는 잘 써지지 않았다. 계속 창밖만 흘깃거렸다. 평일의 도서관은 지나치게 조용하고. 간혹 서가에 선 누군가 실수로 책을 떨어뜨리는 소리, 사서가 자리를 비운 틈에 울리는 전화벨 소리 같은 게 드문드문 생겨날 따름이었다. 이처럼 조용한 곳에서 시를 쓰는 일은 더 어렵군요, 새삼 깨닫게 되었다. 음악이나 수다라도 좀 있는 카페로 가는 편이 훨씬 낫겠군요, 하나 마나 한 생각만 했다. 그러면서 시간을 죽이는 것.

고개를 들자 조그만 여닫이창이 액자처럼 놓여 있었다. 생경한 액자 속을 물끄러미 들여다보는데 맞은편 3층짜리 낡은 건물 옥상이 눈에 들어왔다. 그곳 분주한 인부들. 물탱크를 보수하는 건지 아니면 내가 알 수 없는 어떤 복잡한 시설을 건설하는 건지. 내막도 모르는 그 광경에서 눈을 뗄 수 없었다. 뙤약볕 아래 탈색된, 마치 누군가 포토샵으로 처리해둔 것 같은 풍경이 다소 환상적으로 보이기도 했다. 그러나 그런 사실 따위 조금도 아랑곳하지 않고, 빛이 내리쬐는 속에서 연신 일어났다 앉았다 굽혔다 폈다 반복하는 몸. 그 몸의 활기! 살갗으로 깨닫는 뜨거운 삶의 온도!

순간 나는 자신도 모르는 사이 날아갈 듯 퍼덕이는 시의 기척을 느꼈다.

창은 굳게 닫혀 있고, 나는 여전히 노트북 앞에 앉아 있었는데. 가을이 임박하도록 꺼지지 않은 에어컨의 한기가 자꾸만 목덜미를 쓸었다. 나는 왜 이곳에 있는 걸까. 무엇이 나를 이 속에 가만히 앉혀둔 걸까. 이 소름 끼치도록 유유한 곳에.

더듬어 보니 꽤 긴 시간 나는 이렇게 지내온 듯하다. 시를 쓴다는 명목으로. 주로는 컴퓨터 앞에 있었다. 강의실, 도서관, 카페, 그리고 내 작은 방에 있었다. 이 책상 앞에서 저 책상 앞으로 옮겨 앉았을 뿐이었다. 얌전히 책상 앞에 앉아, 썼다. 시를, 시를 위한 이런저런 글들을. 어쩌다 여행을 가서도 이런 식의 패턴을 좀처럼 깨지 못했다. 노트북을 껴안고 거의 강박적으로 카페를 드나들었다. 도처의 세계를 등 뒤에 두고 작은 모니터 안만 집요하게 응시했다. 거기 세계의 진면이 있다는 듯. 모니터 속에서 웃고 우는 사람들을 보며 덩달아 웃고 울면서. 그런 것으로 충분히 진심을 나눌 수 있다는 듯.

왜였을까? 더 많이 더 꾸준히 써야 한다는 믿음? 시적 열망? 그런 순수한 믿음과 열망 때문만은 아니었을 거라 짐작한다.

여하튼 이제는 이런 생각이 드는 것이다. 애당초 내가 원한 건 이런 게 아니었다는. (그렇다면 무엇이었을까요, 내가 원한 것은? 아직 정확히 알 수 없지만.) 뭔가 잘못되어가고 있다는. 어쩌면 지금껏 나는 나 자신을 유폐시킨 게 아닐까.

이는 흡사 시의 유폐.

'여행'을 테마로 한 전시를 함께 보러 가자고, 오랜 동료 ㄱ이 말했을 때 나는 여느 때와 다름없이 마감을 앞두고 낑낑대는 중이었다. 마음의 여유가 도무지 없는데도, 선뜻 그를 만나기로 한 것은 여행이라는 테마보다 "이 전시는 꼭 소란 씨랑 같이 봐야지 했어요" 하는 한마디 때문이었다. 그는 "언제 같이 제주도라도 다녀와요. 우리 좀 쉬어요" 같은 말을 줄곧 건네던 이다. 이런 말에 나는 늘 피하듯 대답을 흐리곤 했는데.

남산 자락에 위치한 전시관은 근사했다. 오래된 빌딩을 개조해 만들었다는 그곳 구석구석에서는 고전적이면서도 세련된 멋이 묻어났다. 전국 각지의 여행지를 주제로 한 회화, 조각, 건축, 사진, 영상 등 다채로운 작품을 관람하는 재미 역시 쏠쏠했다. ㄱ은 수시로 휴대폰 카메라를 들어 작품

앞에 멍하니 선 나를 찍어주었다. 여느 관람객들이 그렇게 하듯. 전시관 옆에는 전시관 못지않게 유미적인 분위기가 흐르는 카페가 있었는데, 슈트를 빼 입은 노신사들이 브런치를 즐기는 모습이 멋져 보였다. 이다음 언젠가 ㄱ과 그곳에서 커피를 겸해 식사를 해도 좋겠다고 생각했다.

"곧 도착해요, 잠시만." 전시를 보기에 앞서 나는 입구 쪽에서 ㄱ을 기다렸다. 차들이 빼곡한 주차장과 낙엽으로 노랗게 물든 작은 화단을 서성이면서, 그제야 나는 가을볕에 반짝이는 나무와 꽃과 하늘을 보았다. 습관처럼 그늘로 몸을 숨겨도 눈이 부셨다. 눈이 부신 채로 자꾸만 하늘을 올려다보았다. 둘씩 셋씩 모여 전시관으로 들어서던 사람들도 이따금 뒤를 돌아 높고 먼 곳을 가리키며 웃었다. "잠시만 지나갈게요." 크고 작은 여러 개의 상자를 쌓아 올린 끌차를 끌고 곁을 지나는 택배기사의 모습도 보게 되었다. 관람객들 사이를 유유히 지나 관리사무소 쪽으로 향하는 모습을 따라 나도 모르게 시선을 움직이게 되었다. 관리사무소

밖에 끌차를 세워두고 거기 쌓인 상자를 일일이 들어 옮기던 그가 둔덕을 조심히 딛는 모습. 다시 둔덕을 내려와 빈 끌차를 끄는 모습. 좁은 골목 초입에 세워둔 트럭을 향해 뛰듯이 걷는 모습. 그 또한 전시의 일부 같았다. 어떤 여행의 방식 같았다.

안에서는 불가능한.

거기 전시관까지 오는 길을 곰곰 되짚어보았다. 버스에서 내려 걷는 동안 '도를 아십니까'를 만났고, 괜찮다고 해도 막무가내로 한참을 쫓아왔고, 버스에서는 조금 졸았다. 졸며 깨며 옆자리 학생의 어깨를 여러 번 쳤을지도. 그보다 앞서 집 앞 정류장에서는 말간 얼굴의 할머니 한 분이 말을 걸어왔다. 문득 다가와 "어디 가시게?" 묻는 것이었다. 마치 나를 익히 안다는 듯. "네?" "어디 가시냐고?" 나는 난감한 표정 그대로, 아무런 대답도 하지 못한 채 어정쩡 버스에 올랐다. 목적지를 묻는 질문에는 으레 그렇게 생각이 많아지는 것일까.

지하에서 4층 옥상까지 전시관 건물을 죄다

훑은 뒤 우리는 "여행 온 기분이 좀 나긴 나네" 그러면서 건물을 빠져나왔다. 이내 진짜 여행에 나서기라도 할 듯 제주도의 이곳저곳을 검색해보기도 했다. 그리고 곧장 근처 시장으로 가 갈치조림을 먹고 맥주를 마셨다. 많이 말하고 많이 웃었다.

'여행'에서 돌아온 며칠 뒤에는 휴대폰 메모장에서 이런 구절을 발견할 수 있었다. 어느 틈에 적어둔 것인지 벌써 가물가물했지만.

꼭대기, 전시, 사진 한 장, 마지막 시간 여행, 잠시만 지나갈게요, 잠시만, 길을 떠나며, 택배, 상자, 끌차, 둔덕, 트럭, 남산, 첩첩산중, 첩첩산중……

쉼표와 말줄임표 사이사이에 깃든 느낌. 건물 안과 밖, 거리 곳곳에 홍성이는 무수한 느낌들. 그래, 바로 이 느낌들을 내가 사랑해왔다는 것.

그리고 느닷없이 돌진해오는 질문. 어디 가시게? 지금 어디로?

작가의 말

어디로?
다시 빌딩으로.

빌딩에 대해 하지 못한 말이 아직 너무 많다는 것을 책의 끝머리에 와 새삼 깨닫습니다. (물론 시에 대해서도.) 저는 한동안 이곳을, 이곳 주위를 더 서성일 예정입니다.

어쩌다 만나면 꼭 인사 나누기로, 반가워하기로.

여기 보드랍고 둥근 빌딩에서 계속 보고 듣
고 쓰고 있겠습니다.

2024년 조금 특별한 여름

박소란

일상시화

빌딩과 시

1판 1쇄 펴냄 2024년 7월 4일

지은이 박소란
편집 이기리, 서윤후, 정채영
디자인 한유미, 정유경

펴낸이 손문경
펴낸곳 아침달

출판등록 제2013-000289호
주소 04029 서울시 마포구 양화로7길 83(서교동 480-26) 5층
전화 02-3446-5238
팩스 02-3446-5208
전자우편 achimdalbooks@gmail.com

ⓒ 박소란, 2024
ISBN 979-11-89467-54-8 03810

책값은 뒤표지에 있습니다.